"Ta vie manque de romanesque!..."

cochon vole !

Collection dirigée par
Christian Poslaniec

PIGS MIGHT FLY
1ere publication par :
Angus et Robertson Publishers
LONDON and SYDNEY
copyright © Émily Rodda 1986.
copyright illustrations C. Noela Young 1986.
© Éditions Milan 1988
pour le texte et l'illustration
ISBN 2-84113-103-3

Émily Rodda

cochon vole !

Traduit de l'australien
par Michèle Poslaniec

Illustrations de
Domnok

Milan

Émily Rodda vit à Sydney (Australie) avec son mari et ses quatre enfants. Elle travaille à temps plein dans l'édition, mais cela ne l'empêche pas d'écrire, en plus, ses propres livres. Le premier qu'elle a écrit, *Something special* (quelque chose de particulier), a obtenu en Australie le prix du meilleur livre pour enfants en 1985. *Cochon vole!* est son second roman pour les jeunes lecteurs.

Depuis qu'elle a usé ses gommes sur les planches à dessin à l'École des Arts Décoratifs de Strasbourg en atelier d'illustration, **Dominique Osuch,** alias Domnok, tente de satisfaire sa boulimie d'images par une pratique forcenée du dessin, et notamment grâce à l'illustration pour enfants (contes dans Mikado par exemple).
A 24 ans, elle aime aussi dévorer ses crayons et pinceaux en dessinant pour les « adultes » et en faisant de la peinture... pour le plaisir.

Tous les personnages de ce livre sont entièrement fictifs. Il n'est fait aucune référence à des personnes existantes.

Ce livre-ci est pour Hal.

1

Le commencement

« JE voudrais tant qu'il arrive quelque chose ! » se dit Rachel.

Par la suite, elle se rappellerait cette réflexion, et à quel point elle s'ennuyait en ce samedi matin pluvieux, et elle penserait : « Ce fut vraiment le commencement. » Et son estomac se pincerait un peu, et le bout de ses doigts la picoterait.

Mais à ce moment-là, elle ne savait pas ce qui l'attendait. Tout ce qu'elle savait, c'est qu'elle s'ennuyait beaucoup. Elle en avait assez d'être enrhumée et d'être enfermée à la maison ; assez de tous ses livres et de ses jeux ; assez de la télé. Elle en avait assez de son nez gercé qui coulait, de sa gorge douloureuse, d'avoir chaud et froid tour à tour et d'être tantôt en sueur, tantôt grelottante. Et elle en avait assez du bruit de la pluie qui tambourinait sur le toit de sa chambre, martelait l'allée de ciment, dégoulinait des gouttières, et ruisselait dans les tuyaux.

Elle soupira tristement et s'appuya sur ses oreillers en contemplant le plafond.

— Il est arrivé quelque chose, dit sa mère en bordant les couvertures et en empilant correctement les livres que Rachel avait lus au bout de son lit. Il y a une fuite au plafond de la chambre de Jamie. Il s'est bien amusé à essayer d'avaler les gouttes d'eau, allongé sur le dos. Il a bien dû y rester vingt minutes. Il est trempé, la moquette est trempée, Bluey est trempé, et maintenant, c'est Chris qui est trempé à force de tout nettoyer !

Rachel sourit en pensant à son père aux prises avec la fuite d'eau, et à Jamie qui devait tourner en rond autour de lui, en insistant pour l' « aider », son chien bleu tout dégoulinant sous le bras... Puis elle soupira encore.

— Ce n'est pas vraiment ce genre de chose-là que je veux dire, maman, expliqua-t-elle patiemment. Je veux dire quelque chose *d'intéressant*. Réellement *intéressant*. Tout est toujours pareil dans cette maison. Se lever, prendre le petit déjeuner, aller à l'école, rentrer, jouer, manger, aller au lit, se lever, prendre...

— Alice !

La voix de papa résonna dans le couloir. Ses pas ébranlèrent l'escalier.

— D'accord, je vois ! dit Alice sèchement, ignorant l'appel. Tu veux dire que tu trouves que ta vie manque de piment, d'aventure, de romanesque, qu'il te faut le défi de l'événement invraisemblable, inattendu...

— Ta vie manque de romanesque ! rugit Chris depuis l'entrée.

Il apparut à la porte avec Jamie sur le dos, un seau dans une main et une serviette mouillée dans l'autre.

— Et la mienne, alors, j'aimerais bien savoir ? Je n'ai pas demandé ce genre de vie ! Que penseraient mes vrais parents, le duc et la duchesse de Finklestein, s'ils me voyaient dans cet état, moi, leur héritier légitime ? Alice, te rends-tu compte que la moquette de Jamie...

— Papa ! l'interrompit dédaigneusement Rachel, tes parents sont mamie et papi, pas le duc et la duchesse de Finkleship !

— Finklestein, s'il te plaît. Et comment sais-tu qui sont mes vrais parents ? Tout ce que tu sais... Jamie, descends chéri, tu m'étrangles. Ouf, ça va mieux !

La sonnette d'entrée retentit.

— J'y vais ! s'égosilla Jamie en bondissant dans le couloir.

— Ne tombe pas dans l'escalier, ne tombe pas dans l'escalier! Jamie, ne tombe pas...

Tout en hurlant, Alice se précipita à la suite de son fils en contournant Chris et en évitant le seau de justesse. Chris hocha la tête.

— Une maison de fous! soupira-t-il en s'asseyant au pied du lit. Trop d'énervement, si tu veux mon avis.

— C'est comme d'habitude pourtant, papa, dit sérieusement Rachel. Je veux dire que c'est comme cela tout le temps. Je voudrais que ça change. Comme... euh... comme disons si le toit fuyait et qu'en le réparant, tu trouvais un nid avec des œufs que nous pourrions voir éclore. Ce serait intéressant. J'ai lu ça dans un livre une fois.

— Oui! eh bien, nous avons eu une chauve-souris dans la cheminée. C'était passionnant! dit Chris légèrement moqueur.

Il avait essayé de la déloger pendant deux jours. Finalement elle en était partie toute seule, pleine de suie et fâchée, — et avait fait irruption dans la salle de séjour, pendant qu'ils regardaient la télévision. Il se rappelait très bien.

— Oui, bien sûr! Mais ça fait des années. Il ne se passe plus rien maintenant!

— Non, heureusement! Comment va ta gorge?

— Un peu mieux, dit Rachel, après avoir dégluti pour contrôler son état. Papa ?

— Oui ?

— Peut-être que tes parents perdus dans la nuit des temps, le duc et la duchesse de Finklesop, te laisseront tout leur argent ?

— Finklestein, dit Chris tristement, en remuant l'eau sale de son seau.

— Finklestein. Peut-être qu'ils te laisseront tout leur argent et que nous pourrons acheter un bateau et y vivre des aventures.

— On ne sait jamais.

— Ou bien, nous pourrions trouver un trésor sous la maison ou une pièce secrète sous l'un des murs, avec un squelette, ou... ou... un réalisateur pourrait voir cette maison et vouloir l'utiliser pour un film, comme c'est arrivé à Susie Swanning, ou...

— Oh, oui ! ou bien nous pourrions trouver une licorne dans le jardin, et les cochons pourraient voler ! dit Chris, en jetant la tête en arrière et en regardant entre ses cils.

— Les cochons ne volent pas !

— Exact !

« Papa... ! » Des petits pieds de trois ans montaient laborieusement et bruyamment l'escalier. Le visage de Jamie apparut derrière la porte.

— Sandy est là, déclara-t-il.

— Oh ! dit Chris en se levant. Je descends le voir.

— Je veux venir aussi ! cria Rachel.

— Moi aussi, dit Jamie avec entrain. Je veux venir !... Où allons-nous ?

— En bas voir Sandy, petit sot ! se moqua Chris. Mais pourquoi n'as-tu pas dit seulement... Oh ! tant pis. Rachel, ma chérie, tu ne peux pas venir. Tu es malade et tu as de la fièvre... Allons, ne proteste pas, chérie, ajouta-t-il au moment où Rachel allait se plaindre. Reste ici. Je vais dire à Sandy de monter te voir avant de partir. D'accord ?

— D'accord.

Rachel comprit que ça ne servait à rien de récriminer. Et c'était vrai qu'elle ne se sentait pas encore très bien. Même pour aller aux toilettes, ses jambes étaient faibles et tremblotantes. Mais Sandy était un bon remède contre l'ennui et elle voulait absolument le voir.

Sandy était peintre en lettres. Il les peignait enjolivées à l'ancienne pour les magasins d'antiquités, grosses et franches pour les boucheries, fantaisistes pour les boutiques de vêtements, drôles et remplies de dessins pour les magasins de jouets. Il travaillait dans toute la ville, partout où on le demandait. Un jour, il était sur une échelle, en train de peindre le haut d'un vieux mur de briques ; le lendemain, il était sur le trottoir, en train de dessiner le numéro sur la porte d'une maison, ou d'écrire le nom d'un parc sur une pancarte blanche. Il avait toujours une histoire à raconter sur son dernier travail : les gens qu'il avait rencontrés, les endroits qu'il avait vus. Chez lui, pour s'amuser, il dessinait des caricatures et illustrait des cartes — le genre de cartes avec des baleines qui crachent des petits jets d'eau dans les océans, des anguilles qui ondulent dans les rivières, et des hordes de petits bonshommes qui conduisent des voitures à toute allure le long des grand-routes.

Sandy habitait au bout de la rue, dans une petite maison entourée d'une clôture noire. Il avait un perroquet appelé Pol — un cacatoès à crête couleur de soufre qui l'adorait.

« Tiens, pensa Rachel, il arrive toujours des choses intéressantes à Sandy ! » Pol était un bon exemple. Il y avait environ dix-huit mois, Sandy travaillait dans son bureau au premier, lorsqu'il entendit frapper en bas. Il descendit, ouvrit la porte et découvrit ce gros perroquet blanc qui se tenait sur le seuil. Le perroquet dressa sa crête jaune, le fixa de son œil rond, et dit, tout à fait clairement et fort : « Donne-nous un biscuit ! »

« J'étais si interloqué que j'ai reculé, leur

avait raconté Sandy, et l'oiseau est entré. Puis il m'a regardé de côté en ouvrant et refermant le bec jusqu'à ce que je m'impatiente et lui donne un biscuit comme il l'avait demandé. »

Après cela, Pol s'installa. Il ne fut jamais demandé par personne, ce qui était étrange, car il était splendide et intelligent. Sandy le disait toujours, et Pol le répétait aussi très fort à chaque fois qu'on venait l'admirer.

Voilà donc une chose intéressante qui était arrivée à Sandy. Mais il y en avait d'autres, beaucoup d'autres. Une fois, il était allé au zoo et y avait été enfermé. Les gardiens le retrouvèrent le lendemain matin, couché en boule au pied d'un arbre, avec un petit canard noir juché sur son dos. Ce dernier protesta amèrement quand ils réveillèrent Sandy, et il l'accompagna jusqu'à la grille en cancanant de colère et en lui pinçant ses chaussettes avec le bec, comme pour le retenir. Sandy avait dit que c'était très embarrassant.

Rachel s'agita impatiemment dans son lit. Elle entendait sa mère et son père rire en bas, et savait que Sandy racontait des histoires drôles de sa voix douce et pince-sans-rire, et qu'ils l'écoutaient, assis autour de la table de la cuisine. Elle aurait voulu qu'il monte lui parler et envisagea d'aller l'appeler du haut de l'escalier. Mais non, papa avait dit qu'il

demanderait à Sandy de monter. Ils seraient fâchés si elle agissait ainsi.

Comme pour la récompenser de son effort de volonté, elle entendit le frottement d'une chaise par terre, des pas dans le vestibule, et finalement le bruit de quelqu'un qui montait l'escalier.

Le visage barbu de Sandy apparut.

— Bonjour, madame, dit-il en entrant. (Il s'arrêta au milieu de la chambre et, les mains derrière le dos, il fit une petite révérence.) Et comment sont vos virus aujourd'hui ?

— Virulents ! dit Rachel en fronçant le nez.

— Ah ! les petits chenapans ! Bon, j'ai quelques petites choses venant d'en bas qui risquent de vous intéresser. De votre chère mère... (Il sortit un petit sac de derrière son dos.) ... une collation du matin pour calmer la dent creuse. De votre père respecté... (Son autre main apparut avec la gourde de Rachel.) ... une boisson rafraîchissante pour apaiser votre gorge desséchée. Et... (Il laissa choir sac et gourde sur les genoux de Rachel pour fouiller dans la poche de sa veste.) ... de ma part, une œuvre d'art pour plaire à vos yeux.

Rachel prit le morceau de papier qu'il lui tendait, le regarda attentivement et se mit à rire.

— Tu as parlé de moi avec papa ! l'accusa-t-elle.

Le dessin de Sandy, hâtivement esquissé au feutre sur un bout de papier, représentait une minuscule Rachel, en pyjama, chevauchant une licorne dans un grand espace découvert. Dans le ciel flottaient plusieurs cochons à l'air surpris. L'un d'eux était en plein saut périlleux. Ses pattes étaient tendues et il souriait.

Rachel posa le dessin contre la lampe de sa table de chevet. Elle rit de nouveau en remarquant le cochon qui avait la tête en bas.

— Merci, Sandy. C'est vraiment drôle. Je voudrais bien que des choses comme cela m'arrivent. Enfin, pas que des cochons volent, parce que c'est impossible, mais...

— Peut-être que ce n'est pas impossible ! dit Sandy, en haussant les sourcils. Je dis toujours que rien de ce qu'on peut imaginer n'est totalement *impossible*. C'est peut-être improbable, mais je n'irai pas plus loin.

— Tu peux te permettre de dire ça, Sandy, dit Rachel avec écœurement. Il t'arrive tout le temps des choses invraisemblables. Mais à moi, jamais !

— C'est peut-être parce que moi je n'écarte pas ce qui paraît impossible, dit Sandy d'un air désinvolte. Y as-tu déjà songé ?

— Non..., dit lentement Rachel en réfléchissant.

— Alors pourquoi ne pas essayer une fois pour voir ce qui se passe. On ne sait jamais, hein ?

Rachel le regarda attentivement. Il lui sourit. Plaisantait-il ou pas ?

— Bon, je vais essayer, dit-elle.

— A la bonne heure ! Je te le conseille, dit Sandy. (Il alla vers la porte.) Eh bien, ma petite mésange, je dois partir. Mange bien !

— Où vas-tu maintenant ?

— Dans les magasins. Pol n'a plus de graines. Il m'a embêté toute la matinée avec ça, et si je reviens les mains vides, je vais avoir de sérieux ennuis. (Il porta la main à son front d'un air faussement désespéré.) Me voilà forcé de cheminer sous la pluie battante, et cela à cause d'un perroquet capricieux. C'est ridicule !

Rachel se mit à rire.

— A bientôt, Sandy, dit-elle.

Il lui fit un signe de la main et un sourire, et disparut.

Rachel se redressa, souriant toujours, prit un gâteau aux raisins dans le sac et mordit dedans. Puis elle ôta le bouchon de sa gourde. L'orangeade fraîche coula dans sa gorge. Sandy était amusant. Elle regarda encore son dessin en finissant sa collation. La petite silhouette lui ressemblait vraiment. Ce n'était qu'un croquis, mais cependant Sandy avait bien rendu ses cheveux, son nez et sa façon de s'asseoir, en quelques traits seulement. Et les cochons qui flottaient dans le ciel avaient bien l'air de... petits cochons épatants !

Elle soupira et se laissa aller contre ses oreillers, la gourde vide à la main. Elle remit prudemment le bouchon pour ne pas le perdre.

La maison était très calme. La pluie tombait à verse dehors, et les gouttières ruisselaient. Rachel laissa ses paupières se fermer et regarda la chambre entre ses cils, comme l'avait fait Chris. Tout parut flou et un peu magique, comme la scène des anges derrière le rideau de gaze dans la pièce de fin d'année à l'école. La lampe était comme une étoile suspendue dans l'espace.

Elle tourna la tête pour voir le dessin de Sandy. Il était bien comme cela. Les lignes étaient plus sombres, les espaces blancs prenaient des reflets colorés. Elle concentra son attention sur le croquis, en laissant s'estomper le reste de la pièce. Et voilà cette petite Rachel faisant ce qui est impossible dans un lieu impossible. « Rien de ce qu'on peut imaginer n'est *impossible* ! », avait dit Sandy.

Cela demandait un peu de réflexion. Elle laissa les mots danser dans sa tête. Rien de ce qu'on imagine n'est impossible... Tout ce qu'on imagine est possible, quelque part, d'une façon ou d'une autre... tout ce qu'on imagine...

La pluie tambourinait sur le toit. Dehors, une voiture passa dans la rue détrempée avec un bruit de fouet qui claque. Mais Rachel n'écoutait plus.

2

Un vrai temps de cochons !

RACHEL cligna des yeux. Il était arrivé quelque chose à la lampe. Tout était éclairé d'une lumière plus vive et paraissait légèrement vert. Elle cligna encore des yeux et regarda lentement autour d'elle. Ce n'était pas normal ! Sa chambre avait disparu. Son lit avait disparu. Elle était au milieu d'un grand espace vert, en pyjama, à cheval sur une...

La licorne tourna la tête et la regarda gravement. Elle s'ébroua doucement. Sa corne dorée brillait au soleil, sa crinière blanche bougeait doucement dans la brise.

— Oh non ! murmura Rachel. Qu'est-ce que j'ai fait ?

Les grands muscles du dos de la licorne frémirent et elle se mit à avancer lentement, en posant doucement ses pattes sur l'herbe verte et touffue.

Rachel n'était montée à cheval qu'une fois

avant, et c'était sur un poney du Shetland. Seulement un demi-cheval comparé à cette énorme bête ! Elle se cramponna désespérément à la crinière soyeuse et serra bien les genoux. Que pouvait-elle faire d'autre ? Elle ne pouvait certainement pas sauter. Ça faisait trop loin du sol.

La licorne continuait d'avancer tranquillement. Puis Rachel entendit un premier grognement faible. Elle comprit d'où ça venait, mais elle ne voulut pas regarder tout de suite. Elle ferma les yeux et compta jusqu'à dix. Puis elle ouvrit un œil. « Oh, non ! » Elle le referma très vite. Mais c'était inutile. Voir, c'était croire, et elle devait savoir le pire. Elle se cramponna bien à la crinière de la licorne, compta encore jusqu'à dix, serra les dents et regarda le ciel bleu.

Les cochons étaient là-haut, formes rebondies et roses juste au-dessus de sa tête, grognant tout bas pour eux-mêmes. Tandis qu'elle les observait, l'un d'eux se lança dans un saut périlleux en levant les pattes vers le soleil avec un petit couinement de plaisir.

La licorne dressa les oreilles et se mit à trotter. Rachel continua à se cramponner avec désespoir, tout en rebondissant sur le dos large et glissant de l'animal. Inutile d'appeler au secours — elle ne voyait aucun être vivant

pouvant l'aider. Les cochons s'amusaient bien trop pour remarquer sa présence. Elle était dans un endroit inconnu, en pyjama, à cheval sur une licorne !

« Ce doit être un rêve, pensa soudain Rachel. Bien sûr ! cela signifie que je vais bientôt me réveiller, et qu'il n'y a pas de quoi m'inquiéter. Je ne me sens pas comme dans un rêve, mais ces choses-là ne peuvent pas arriver dans la réalité, c'est donc bien un rêve. »

Cette pensée la réconforta beaucoup. Elle remarqua sa gourde qui dépassait de la poche de son pyjama. D'une certaine manière, cela la rassura aussi. Quelque chose de chez elle. Quel dommage qu'elle fût vide ! Sa peur lui avait donné soif.

La licorne hennit pour l'avertir qu'elle accélérait son allure. Rachel regarda par-dessus son cou arqué, vit qu'elle avait atteint la crête d'une colline et qu'elle se dirigeait vers une petite maison blanche, cachée dans le creux de la vallée. Une tache rose rebondissait dans le ciel au-dessus de la maison. Un autre cochon, pardi ! Et alors même qu'elle le regardait, elle vit que le vent en apportait d'autres encore, tournoyant dans les airs. Des petits cochons qui couinaient de plaisir, des moyens aux pattes écartées qui profitaient béatement du vent frais, quelques-uns très gros, des vieux moustachus qui se déplaçaient de façon majestueuse sans regarder jamais ni à gauche ni à droite. Un grand cochon, le grand-père de tous, se tenait à flanc de coteau et les observait de ses petits yeux malins.

La licorne se mit à galoper. Ses sabots martelèrent le sol, et sa crinière vola. La gourde de Rachel tomba de sa poche. Elle s'accrocha désespérément au cou de la licorne, penchée en avant comme un jockey. Elle sentait qu'elle risquait de tomber à tout moment.

« Je suppose que si je tombais réellement, je me réveillerais ! se dit-elle. Peut-être que je devrais laisser faire. » Mais finalement, elle ne put se décider à faire l'expérience ; pendant qu'elle était encore en train d'y réfléchir et d'essayer de se persuader d'être courageuse en prenant ce risque, la licorne ralentit et se mit au trot. Elles avaient presque atteint la maison.

La licorne s'arrêta et gratta la terre du pied. Elle hennit doucement, et les muscles de ses épaules frémirent. Rachel glissa prudemment de son dos et sauta par terre.

La maison blanche était devant elle, la porte verte hermétiquement close. Une lampe brillait à l'une des fenêtres, mais tout avait l'air d'être très bien fermé, comme si les propriétaires n'avaient aucune envie d'être dérangés. Rachel suivit la belle allée pavée et posa la main avec appréhension sur le marteau de la porte. Elle regarda nerveusement derrière elle. La licorne l'observait en hochant la tête ; elle s'ébroua doucement d'une façon encourageante. Rachel se retourna vers la porte, souleva le marteau et frappa trois fois.

— J'arrive ! cria une femme à l'intérieur de la maison.

Des pas s'approchèrent de la porte, et celle-ci s'entrouvrit.

Un visage rond et âgé, encadré de cheveux blancs aux mèches frisottées, apparut dans l'ouverture et des yeux bleu pâle, vaguement surpris, regardèrent Rachel.

— Excusez-moi…, commença Rachel.

La porte s'ouvrit en grand. La vieille dame radieuse tendit les bras.

— Gloria ! Tu es là ! Oh ! je le savais ! Je le disais à Bertie que par un temps de cochon, je lui disais on ne sait jamais… Entre, chérie, entre donc… Bertie ! Bertie ! Gloria est là !

— Mais…, bredouilla Rachel.

— Entre, ma mignonne, entre! Ne reste pas dehors sous les cochons, pour l'amour de Dieu!

La vieille dame voulait emmener Rachel à l'intérieur comme pour la protéger d'un ouragan.

Rachel jeta un dernier regard troublé aux vertes collines qui s'étalaient sous le ciel parfaitement pur et entra dans la maison.

— Merci! cria la vieille dame impatiente à la licorne. Merci beaucoup! Nous allons nous débrouiller maintenant. Pas la peine d'attendre. Merci!

La licorne hocha la tête avec dignité et s'en alla calmement.

— C'est aussi bien d'être polie, ma mignonne, n'est-ce pas? dit la vieille dame à Rachel, en baissant la voix. Elles sont tellement capricieuses!

— Ah!... Je ne... Rachel secoua désespérément la tête.

— Qu'y a-t-il? Enid? As-tu ouvert cette porte? Es-tu cinglée, bonne femme? cria quelqu'un d'un ton irrité à l'arrière de la maison.

— Bertie! s'exclama la vieille dame avec excitation. Regarde donc! C'est Gloria, Gloria!

Rachel la tira timidement par la manche.

— Je regrette, mais je ne suis pas Gloria, chuchota-t-elle. Je m'appelle Rachel.

La vieille dame tourna ses yeux bleus surpris vers elle.

— Pas... tu n'es pas Gloria ? Mais...

— Bien sûr que ce n'est pas Gloria, pauvre vieille sotte ! Ne garde pas la porte ouverte comme ça ! hurla une voix exaspérée.

Un vieil homme grand et maigre, les mains sur les hanches, se tenait au bout du couloir. Il leur fit un geste impatient.

— Venez dans la cuisine, et pour l'amour de Dieu, fermez la porte ! Bonne mère ! Gloria ! (Il hocha la tête.) Gloria serait une femme adulte à l'heure actuelle, maman, tu le sais bien ! gronda-t-il. Fais entrer la fille ! Il disparut de nouveau au fond de la maison.

— Oh ! mon Dieu... je suis une pauvre sotte. C'est ce temps, dit la vieille dame. Viens dans la cuisine, petite, et dis-nous ce que nous pouvons faire pour toi. Allez, excuse-moi. Je t'ai confondue avec quelqu'un d'autre. Tu vois, j'espère toujours... (Elle hocha la tête.) Bref, en attendant, je vais te chercher un verre de lait, hein ?

— Oh !... euh... ce n'est pas la peine, dit Rachel inquiète, en regardant vers la porte.

Elle était convaincue que ces deux personnes étaient folles, ou du moins avaient quelques vis desserrées dans leur poêle à penser, comme aurait dit son papa.

— Je ferais mieux... Elle s'en retourna vers la porte.

— Tu ne peux pas sortir par ce temps-là, mignonne ! Ça va devenir un vrai *porchon*. Les cochons volent, chérie. Tu n'as pas vu ? F.E.I. 7 ou 8 maintenant, je parie. Tes parents doivent s'inquiéter pour toi. Nous ferions mieux de leur téléphoner. Si nous pouvons les joindre ! ajouta Enid d'un ton dubitatif.

Elle fonça dans le couloir sombre et Rachel, qui la suivait, se sentit comme Alice au Pays des Merveilles. Elle ne comprenait rien et ça ne lui plaisait pas du tout.

Dix minutes plus tard, Rachel ne comprenait pas beaucoup mieux, mais elle se sentait un peu plus heureuse. La cuisine d'Enid et de Bert, située à l'arrière de la maison, était grande, claire, peinte en blanc. C'était en quelque sorte leur salle de séjour, parce que des fauteuils et un divan étaient disposés autour de la cheminée, au bout de la pièce, et le vieux couple y passait la plupart du temps. D'un côté de la cheminée se trouvait un buffet bas avec un poste de télévision dessus et de l'autre, il y avait une bibliothèque pleine de vieux livres, journaux et bibelots en porcelaine. Il n'y avait pas de feu, bien sûr, parce que le soleil derrière les vitres était chaud, mais un panier de lavande était disposé dans la cheminée, et les douces feuilles grises duveteuses qui passaient entre les barreaux noirs de la grille parfumaient légèrement la pièce.

C'était un décor paisible, mais Bert, le vieil homme, avait l'air inquiet et ne cessait de regarder dehors. Le ciel bleu était alors plein de gros cochons roses qui s'amoncelaient et déferlaient comme des nuages ronds dans l'azur.

Rachel, assise à la table, finissait le gâteau à la banane et le lait qu'Enid lui avait donnés, et se demandait pourquoi elle se sentait aussi calme. Une horloge au mur faisait un fort tic-tac. C'était une drôle d'horloge, avec des petites portes, comme le coucou chez la grand-mère de Rachel. L'horloge indiquait presque trois heures moins le quart ! La matinée était-elle déjà passée et sa collation terminée ?

Enid, ayant accepté que Rachel ne soit pas Gloria, qui apparemment était sa nièce, était très gentille, mais c'était évidemment une vieille dame d'un genre très inhabituel. Elle s'était affairée pour trouver quelque chose à manger pour Rachel. Mais cela lui avait donné beaucoup de mal parce qu'elle oubliait toujours où étaient les choses, puis les retrouvait aux endroits les plus imprévisibles. La boîte à gâteaux, par exemple, avait finalement été dénichée au fond du coffre à bois.

Enid ne paraissait pas du tout trouver étrange que Rachel soit nu-pieds et en pyjama, ni qu'elle soit arrivée sur le dos d'une licorne. Tout en se faisant une tasse de thé, elle ne posait que les questions habituelles des adultes, sur son âge, si elle avait des frères et sœurs, si elle aimait l'école et des choses comme ça. Mais ensuite, elle oubliait les réponses et reposait les mêmes questions.

Bert passa de l'air soucieux à l'air mécontent.

— Et quel âge a ton frère, chérie ? demanda Enid pour la troisième fois.

— Tu lui as déjà demandé deux fois, Enid ! lança Bert. Remets-toi, bonne femme ! Inutile de dérailler complètement !

— Oh ! mon Dieu, mon Dieu ! Je ne me rendais pas compte, dit Enid tranquillement. Excuse-moi, ma mignonne. J'ai laissé la porte ouverte trop longtemps et...

— Si je ne lui ai pas dit mille fois, je ne lui

ai pas dit une ! explosa Bert, qui finalement perdit complètement son calme. Je lui ai dit et répété ! « Enid, tu sais comment tu es. Ça va comme ça, sans aller aggraver ton cas en mettant la tête dessous ! » Je lui ai répété je ne sais combien de fois ! Ça l'embrouille complètement. Plus du tout de mémoire. C'est assez pour faire boire un homme !

Il montra le poing à sa femme, puis passa les doigts dans ses cheveux clairsemés et tira dessus furieusement.

Rachel, la bouche pleine, restait figée par l'embarras.

— Ne t'inquiète pas, chérie, dit Enid en souriant et en hochant la tête comme s'il n'arrivait rien de très extraordinaire. C'est le temps qui lui fait ça. Ça le rend lunatique !

— Lunatique ! Lunatique ! C'est toi qui me rends fou, oui !

Bert s'attrapa encore les cheveux en balançant la tête, dans une colère impuissante.

— Il est adorable, tu sais, dit Enid en le regardant gentiment. Mais ça le prend comme ça. En morte-saison, Rosemary, il est l'homme le plus gentil qui soit, mais...

— Rachel ! Elle s'appelle Rachel, espèce de vieille gourde ! gémit le vieil homme.

L'horloge ronfla et Bert la regarda d'un air furieux comme s'il la défiait de sonner. Mais les petites portes restèrent bien closes. Il lui adressa une petite moue dédaigneuse.

Enid le regarda d'un air incertain, tenant la théière fumante d'une main et le couvercle de l'autre.

— Et si tu allais voir si le téléphone fonctionne, Bert ? dit-elle avec enjouement. Pense à autre chose, chéri.

Bert se rendit près du téléphone qui était accroché au mur opposé à l'horloge. Enid se tourna vers Rachel.

— Il y a des chances que non, chérie, dit-elle tout bas, mais c'est mieux de lui donner quelque chose à faire quand il est comme ça. As-tu des frères et sœurs, ma mignonne ?

— J'ai déjà entendu ça, Enid ! tonna Bert qui se mit à actionner le téléphone avec colère.

La tête de Rachel se mit à tourner. Comment avait-elle été prise dans tout cela ? Qui étaient donc ces gens ? Qu'avaient-ils ? Ils semblaient dire que c'était lié au temps. Le temps ?

Bert reposa bruyamment l'appareil.

— Muet comme une carpe ! ronchonna-t-il.

Puis il sursauta brusquement lorsque le téléphone sonna. Il saisit le récepteur.

— Allô ? Allô ? Non, ce n'est pas l'usine de

fabrication de l'aliment favori pour chiens !
Vous voulez bien raccrocher, madame ?...
Enfin, ce n'est pas ma faute, non ? Mitzi
devra faire sans ses riris, hein ?... Eh bien,
vous auriez dû faire vos courses avant que les
cochons arrivent... Vous... mais c'était
annoncé à la météo ce matin, et quand on n'a
pas de cervelle, on devrait... oui, eh bien,
allez vous faire voir !

Il reposa brutalement le récepteur.

— La grossièreté de certaines personnes !
lança-t-il.

Enid soupira.

— Tu ferais mieux d'aller te coucher, Reg,
lui dit-elle gentiment.

— Bert ! souffla vivement Rachel.

— Oh oui, merci Rita ! Bert chéri, va donc
te reposer un peu. C'est la seule façon. Tu le
sais bien, voyons.

— Je n'ai pas besoin de repos ! cria le vieil
homme, en tapant du pied exactement
comme un méchant gamin. Et qu'est-ce que
tu feras pendant que je dormirai, hein ? Tu
sortiras, ou tu oublieras la cuisinière allumée
et tu mettras le feu à toute la maison, je
suppose. Ce sera parfait, hein ?

— Ne dis pas de sottises, Bertie, dit calmement Enid en mettant le couvercle de la
théière dans sa poche de tablier. Si je n'ai pas

fait brûler la maison en cinquante ans, je ne risque pas de le faire maintenant, hein ? D'ailleurs, la petite Rose... euh... Ruth... euh... cette petite fille est avec moi, non ? (Elle se tourna vers Rachel.) Nous prendrons soin l'une de l'autre, n'est-ce pas chérie ?

Rachel acquiesça nerveusement.

— Va donc, chéri. Dors bien, dit Enid.

Bert renifla.

— Bon, dit-il maussade, je vais peut-être m'allonger un peu. Je vais voir.

Il passa près d'elles et disparut dans le couloir sans un mot de plus.

— Il sera beaucoup mieux après, pauvre vieux bonhomme, dit Enid, en mettant soigneusement la théière bouillante dans le réfrigérateur. Je m'en veux aussi, chérie. J'étais tellement émue à l'idée que tu étais Gloria, que je n'ai plus du tout pensé à ce porchon.

Rachel ne pouvait plus se retenir. Il fallait qu'elle sache de quoi il était question.

— Qu'est-ce que c'est un porchon, Mme Enid ? C'est l'un des cochons ? Pourquoi les cochons rendent-ils Bert lunatique ? Et vous font... euh... oublier les choses, vous savez... et, et, où est-on ici ? Comment les cochons peuvent-ils voler ainsi ? Je suis... je ne comprends pas.

Enid la regarda d'un air surpris, les yeux

bleus écarquillés dans son doux visage ridé.

— Ma chérie, oh ! je ne m'étais pas rendu compte ! Mais alors pas du tout ! Eh bien oui, il ne tombe pas des cochons, mais c'est un temps de cochons !

Elle vint s'asseoir en face de Rachel, ses mains s'agitant nerveusement sur le bord de la table. Elle se pencha en avant.

— Tu dois venir de l'Au-dehors, dit-elle tout bas. C'est cela ? Tu es une Étrangère ?

3

Je veux rentrer chez moi !

— EUH... je ne..., commença Rachel désorientée.

— Tu n'es vraiment pas de par ici, n'est-ce pas ? chuchota Enid. Tu viens de l'Audehors. Oui... oui, sans doute. Aucun enfant d'ici ne demanderait... Oh ! Mais je suis émue à un point ! (Elle posa la main sur son cœur. Ses joues étaient en feu.) Cinquante ans que nous sommes dans cette maison, et jamais une seule fois nous n'avons vu d'Étranger sur notre seuil ! Une fois tous les dix ans, dit-on. Oui, c'est le dicton, hein ? C'est très rare. La vieille Mme... oh !... quel est son nom ? La dame en bas de la rue... peu importe, elle en a eu un il y a longtemps, avant que Bert et moi achetions cette maison. Je l'ai souvent entendue parler de son Étranger. Et maintenant, c'est mon tour ! Oh ! comme ça me réjouit !

Elle joignit les mains et sourit à Rachel d'un air triomphant.

Rachel sentit ses lèvres trembler. C'était soudain beaucoup trop pour elle.

— Mais... je veux... je ne veux pas être ici, dit-elle en essayant de garder une voix normale. Je veux... je veux rentrer chez moi !

Mais sa gorge se serra et des larmes se mirent à couler. De la compassion et de la sollicitude se lurent sur le visage de la vieille dame. Ses mains s'agitèrent nerveusement, puis vinrent se poser doucement sur les poings fermés de Rachel.

— Mon Dieu, oh ! mon Dieu... ne pleure pas s'il te plaît chérie, supplia Enid. (Elle lâcha les mains de Rachel pour fouiller dans ses poches.) Allons, allons ! Oh ! mon Dieu, je ne peux pas trouver mon mouchoir. Bon... Oh ! qu'est-ce que c'est ?

Elle extirpa le couvercle de la théière et le regarda d'un air si comique que Rachel se mit à rire nerveusement entre ses larmes.

Enid rit aussi, avec soulagement.

— C'est mieux, tu es une bonne petite fille. Bon... euh...

Elle fit un effort évident et énorme pour se concentrer, posa le couvercle sur la table et reprit les mains de Rachel.

— Bon, dit-elle. Ils disent que ce soir le

porchon aura cessé, tu pourras alors parler sérieusement avec Bert. Il sera différent, tu verras. Il saura quoi faire. Il a déjà rencontré des Étrangers, lui, et il saura. Mais il ne peut pas nous être d'un grand secours d'ici ce soir, il faut donc attendre.

— Ne pourrais-je aller voir quelqu'un d'autre ? demanda Rachel sans espoir.

— Aller voir... ma petite fille, mais regarde ! Enid fit un geste vers les fenêtres derrière lesquelles on apercevait les prairies vertes, le ciel bleu et des centaines de cochons roses dans les airs. N'importe quoi pourrait t'arriver si tu sortais là-dedans ! Tu ne te rends pas compte ? Oh non ! Bien sûr que tu ne te rends pas compte, hein ? J'oubliais...

Elle s'interrompit, gênée, et elle se mordit les lèvres.

— Tu vois ma chérie, il faut que tu comprennes... tout peut arriver avec un porchon — un vrai comme celui-ci. Mais le problème, c'est que je suis tellement troublée pour l'instant que je ne pourrais jamais bien t'expliquer et que tu...

Elle se concentra fébrilement sur la question, et soudain ce fut comme si une lumière s'allumait dans son regard. Ses yeux s'éclairèrent en s'ouvrant tout grands, et elle se leva d'un bond.

— Bien sûr ! J'ai trouvé, Rita. Seulement il faut que je mette la main dessus. Viens ici, chérie !

Enid alla précipitamment vers la cheminée en faisant un signe empressé à Rachel, qui la suivit.

— Tiens, regarde, dit la vieille dame en s'agenouillant péniblement près de la bibliothèque. Il y a un livre qui te dira tout là-dessus. Un vieux de… de… mon mari, tu sais, qui vient d'aller se coucher. C'est lui qui lit dans la famille. Ben, où est-il ?… euh… voyons, il était sur l'étagère du bas. Je suis sûre de l'avoir vu il n'y a que… oh !

Il lui vint une idée qui la fit se tourner vers Rachel d'un air inquiet.

— Est-ce que tu sais lire, chérie ?

— Évidemment ! dit Rachel indignée.

— Mais tu sais, je n'étais pas sûre… Bon, c'est bien. (Enid se retourna vers la bibliothèque.) Voyons, qu'est-ce que c'est ? Oh ! *Le grillon d'Oz*, ça me plaisait beaucoup autrefois… euh… *Marie Plumetis*, *Les polissons de Grime*, oh ! mon Dieu ! Mais où est-il donc ? Ah !

Enid sortit triomphalement d'un rayon un grand et gros livre qu'elle tendit à Rachel. La couverture était plutôt défraîchie, mais le titre était encore visible à l'intérieur d'un cercle de points d'interrogation jaunes et rouges. *Tout ce que l'enfant doit connaître* annonçait-il avec audace, puis en lettres plus petites : *Tout sur le monde où nous vivons.*

— Bert a gardé tous ses vieux livres, dit Enid fièrement. C'est juste pour dire qu'ils sont là. Nous avons toujours pensé que Gloria aimerait les voir, tu comprends ? C'est juste pour dire...

Sa voix se perdit. Son bon visage s'affaissa un peu et ses yeux bleus perdus, s'attristèrent.

— Gloria adorait les vieux livres, dit-elle.

Rachel, mal à l'aise, ne savait pas trop quoi faire.

L'horloge au mur recommença à ronfler ; mais cette fois les portes s'ouvrirent brusquement, et un petit cochon souriant à la queue en tire-bouchon fit irruption, en poussant trois cris aigus ; puis il rentra aussitôt et les portes se refermèrent d'un coup sec.

— Aide-moi à me relever, chérie, dit soudain Enid. Mes vieux os ne sont plus ce qu'ils étaient. Oh, mon Dieu !

Elle se mit péniblement debout, se frotta les genoux où s'accrochaient quelques fils du tapis et jeta un coup d'œil inquiet à l'horloge.

— Bon, ça s'arrange quand même un peu, dit-elle. Elle tapota le livre de l'index et sourit à Rachel d'un air encourageant.

— Tu t'assois ici au soleil et tu lis un peu, mignonne. Ça te racontera tout sur nous, et comme ça tu en sauras déjà beaucoup quand Bert se réveillera. D'accord ?

Rachel acquiesça et la regarda.

— Gloria est votre nièce, n'est-ce pas ? demanda-t-elle timidement.

— Oui, ma mignonne. (Enid battit vivement des paupières en souriant tristement.) La fille de ma sœur Pearl. Pearl a épousé le frère de mon mari, tu sais. Pearl et moi, nous avons rencontré les deux garçons à un bal, l'un lui a plu, et moi, l'autre. Amusant, non ? C'est arrivé pendant un porchon évidemment, ajouta-t-elle avec un sourire forcé. Alors, bien sûr, quand Gloria est née, eh bien, elle était doublement notre nièce, tu vois ? Nous n'avons jamais eu d'enfants nous-mêmes. Elle est venue vivre avec nous quand Pearl et Fred sont morts dans un accident. C'était plus une fille qu'une nièce pour nous.

Les yeux bleus étaient loin.

— Une adorable petite. Elle était avec nous depuis deux ans quand elle est partie. Elle n'avait que cinq ans. Beaucoup plus jeune que toi, chérie, bien sûr, mais elle avait les cheveux blonds et les yeux bruns, tout comme toi. C'est ce qui m'a trompée, tu vois ? Quand je t'ai vue à la porte, j'ai oublié que

Gloria serait une femme maintenant. Je me suis seulement dit : « Eh bien, voilà ! Un porchon l'a emportée et un porchon l'a ramenée. » J'ai toujours pensé que ça arriverait, mais...

— Un *cochon* a emmené Gloria ? s'exclama Rachel horrifiée, imaginant la petite fille emportée dans le ciel entre les pattes d'un gros cochon rose.

— Non, non, mignonne. Pas un *cochon*, un *porchon*. Oh ! tu vois, c'est ainsi que nous disons quand le F.E.I. se déclare et que les cochons volent, comme à présent.

— Le... F.E... ? Rachel s'y perdait.

Mais Enid était perdue dans ses souvenirs aussi. De toute évidence, le temps ne perturbait qu'une partie de sa mémoire, le morceau qui traitait du présent. Sa mémoire du passé était pure comme du cristal.

— Ah, oui ! dit-elle tristement. C'était un jour tout comme aujourd'hui, il y a vingt ans cette année. C'était un vrai porchon qui soufflait. Force 8 annoncée, mais Bert et moi avions bien fermé portes et fenêtres comme toujours, et nous étions en sécurité à l'intérieur. Enfin, il était un peu lunatique, comme toujours dans ces cas-là, et j'étais, tu sais, un peu ailleurs, comme ça me fait, mais tout allait bien et nous étions sur le point de prendre le thé. Mais Gloria, elle, s'inquiétait pour ce petit chaton qu'elle avait. Elle ne le trouvait nulle part, tu vois, et elle ne supportait pas l'idée de le savoir dehors par ce temps-là. Je veux dire que les animaux ne réagissent pas comme nous, chérie, mais ça les bouleverse quand même, surtout quand ils sont jeunes. Alors Gloria est sortie pour essayer de le retrouver.

Enid hocha la tête.

— Vilaine fille. On le lui avait dit et répété, mais elle était bien petite, et... (Sa voix devint inaudible.)

— Qu'est-il arrivé ? demanda Rachel maladroitement.

— Eh bien... mais nous l'avons perdue, tu vois, mignonne, dit confusément Enid. Nous n'avons jamais revu notre Gloria.

— Oh ! Rachel était abasourdie. Oh !... je...

Enid lui caressa la main.

— C'est ainsi, dit-elle. Ces choses-là arrivent quelquefois. Elle nous manque, à Bert et à moi. Mais tu vois, elle est heureuse là où elle est, et c'est ce qui compte !

— Vous voulez dire... qu'elle est morte et qu'elle est au ciel ? bredouilla Rachel.

Enid la regarda d'un air étonné.

— Juste ciel, mignonne, qu'est-ce qui t'a

"Un cochon a emmené Gloria ?!"

mis cette idée-là en tête ? Oh non ! je sais que Gloria va bien et qu'elle n'est pas très loin non plus. Sa lampe de vie brille encore très vivement dans sa chambre. Je suis même certaine qu'elle brille un peu plus fort depuis la semaine dernière. Bert ne trouve pas, mais moi...

Elle vit l'air surpris de Rachel.

— Ne me dis pas que vous n'avez pas de lampes de vie Au-dehors ? souffla-t-elle.

Rachel fit non de la tête.

— Mais... mais c'est *terrible !* s'exclama Enid, l'air scandalisé. Comment faites-vous donc ? Comment savez-vous ce que vous devenez ? Je veux dire que si tu pars un jour de porchon et que tu t'engages dans un cirque ou autre, comment tes parents savent-ils que tu vas bien ?

— Ils... ils ne le savent pas, répondit Rachel d'un ton plaintif, submergée par le mal du pays. Nous n'avons pas de porchons là où j'habite. Nous... nous ne partons pas nous engager dans des cirques ou des choses comme cela. Nous restons à la maison, avec... avec notre famille... si nous pouvons...

Les larmes se remirent à couler.

— Oh, mon Dieu ! Pauvre petite. Allons, allons, nous te ferons rentrer chez toi, Bert et moi. Tu verras. (Enid entoura Rachel de son

bras, son gentil visage tout ridé d'inquiétude.) Arrête de pleurer comme ça. Ça ne
nous aidera pas, hein, chérie ? Sois courageuse.

Elle chercha encore son mouchoir, et finalement, essuya les yeux de Rachel avec le bas
de son tablier. Elle l'emmena vers un fauteuil.

— Tiens, dit-elle. Pelotonne-toi dans ce
bon fauteuil, hein ? Et lis bien pour tout
apprendre sur nous. C'est la meilleure chose à
faire. Je vais m'asseoir ici et rester avec toi.

Elle s'installa dans le fauteuil opposé avec
un petit soupir.

— Ça fait plaisir de se reposer un peu, à
dire vrai. Ces porchons vous épuisent ! Je suis
contente que la saison soit presque finie.
Nous prendrons un repas froid, ajouta-t-elle
distraitement. C'est plus sûr !

Elle prit un tricot dans un sac près du
fauteuil. Il était vert foncé et ressemblait à la
manche d'un pull. Elle compta les mailles et
se mit à faire cliqueter ses aiguilles.

Rachel renifla, respira dans un gros frisson,
s'essuya les yeux avec le dos de ses mains, et
s'assit dans le fauteuil avec le gros livre sur les
genoux. Elle regarda à la fin pour trouver
l'index, puis elle chercha les mots qui com-
mençaient par « p » : « ... paradis...
paresse... pelage... perroquet... »

L'horloge ronfla. Le petit cochon sortit de sa maison et cria quatorze fois. Les portes se refermèrent brutalement et les aiguilles avancèrent de vingt minutes.

— Oh, mon Dieu ! soupira Enid dans son fauteuil. (Puis elle haussa les épaules d'un air détendu.) Je suis contente que Reg... euh, que Bertie soit au lit, dit-elle à Rachel d'un ton confidentiel. Ça le fâche tant !

Puis elle se remit à tricoter.

Rachel regarda l'horloge, puis Enid qui tricotait avec entrain une rayure rose vif en haut de la manche vert foncé, et hocha légèrement la tête pour voir si l'impression confuse qui régnait allait disparaître. Mais non. Rachel revint à son livre.

« ... piano... place... porchaison (porchaison ?)... ah ! voilà... porchons *voir* Facteur d'Événements Invraisemblables p. 432. »

Elle tourna vite les pages du livre jusqu'à ce qu'elle trouve celle qu'elle cherchait. Elle se mit à lire.

4

Ce que disait le livre

FACTEUR d'Événements Invraisemblables
(F.E.I.)

Comme nous le savons, le climat nous affecte tous. Depuis des siècles, l'être humain a essayé de comprendre et de maîtriser cet aspect de la nature sans beaucoup de succès, et même encore aujourd'hui, on doit dire que la compréhension, sans parler de la maîtrise, des tempêtes à F.E.I. (communément appelées « porchons » à cause de l'effet qu'elles produisent sur la population porcine) n'est toujours pas une réalité.

Les tempêtes à F.E.I. (habituellement mesurées en fonction de leur gravité sur une échelle de 1 à 10) provoquent beaucoup d'effets défavorables sur l'économie. Pendant la saison des « porchons », quand les tempêtes se produisent fréquemment et que les F.E.I. de force 8 et 9 sont courants, beaucoup d'heures de travail sont perdues à cause de l'effet étonnant de ces tempêtes sur la personnalité des gens, leur fiabilité et leur efficacité au travail ou à la maison.

Rachel jeta un coup d'œil rapide à Enid qui chantonnait en tricotant des points rose vif dans sa manche verte. Le livre continuait :

Il est confirmé, en outre, que d'étranges accidents, coïncidences, dérèglements de machines, coups de chance et autres « événements invraisemblables » ont tendance à arriver pendant ces tempêtes...

L'horloge ronfla d'un air menaçant et Rachel retint son souffle, mais le petit cochon de bois ne se montra pas.

La preuve la plus évidente d'une tempête à F.E.I. est, indiscutablement, la présence de cochons dans le ciel. On ne sait pas exactement pourquoi le F.E.I. fait que les cochons, et seulement eux, défient la gravité et s'envolent, mais on sait que plus nombreux sont ces cochons aériens, plus la force du F.E.I. est grande, et plus il faut rester à l'abri et s'exposer le moins possible aux effets souvent bizarres de ce Facteur une fois respiré ou absorbé par la peau, quelle qu'en soit la quantité.

« C'est donc pour cela que les fenêtres sont toutes fermées, pensa Rachel, en regardant autour d'elle. Et la pauvre Enid est encore

plus perturbée que d'habitude, parce qu'elle
est restée à la porte à me parler quand je suis
arrivée. Je suppose que nous avons fait entrer
beaucoup de F.E.I. dans la maison pendant
ces quelques minutes. Assez pour rendre Bert
si lunatique qu'il a dû aller se coucher ! »

Elle revint à son livre et reprit sa lecture.

*La plupart d'entre vous auront entendu parler
de personnes qui sont parties de chez elles pendant
des tempêtes à F.E.I., ayant été assez impru-
dentes pour rester dehors trop longtemps.*
(« Comme Gloria ! » pensa Rachel.)

*Certaines reviennent au bout d'un jour ou
deux. D'autres oublient où est leur maison et
refont leur vie ailleurs. Elles n'ont que des
souvenirs flous et agréables, et comme il y a
plusieurs millions de cas semblables chaque
année, elles sont aussitôt adoptées dans leur
nouvelle communauté. La plupart continuent de
mener une vie heureuse et productive.*

*Il faut absolument noter que les coûts impor-
tants, provoqués par l'organisation constante de
patrouilles pour ratisser le pays à la recherche des
personnes manquantes, sans parler du déséqui-
libre des foyers, des familles et des affaires quand
les membres ou les bons employés disparaissent
sans prévenir, sont très préjudiciables et devraient
être évités, dans la mesure du possible. Pratiquez
les exercices de Sécurité F.E.I. chez vous et à*

l'école, abritez-vous dès le premier signe de montée des cochons, et ne sortez jamais dans un porchon.

« Quel pays ! » pensa Rachel. Mais elle comprenait maintenant pourquoi Enid et Bert acceptaient tristement mais aussi calmement l'absence de Gloria, comme si c'était normal. Évidemment les gens se déplaçaient beaucoup dans ce monde tout embrouillé. Bert et Enid regrettaient Gloria, mais ils savaient qu'elle était heureuse où qu'elle fût, et c'était ce qu'il y avait de plus important pour eux.

Il est intéressant de noter (continuait le livre) *que jusqu'au début de ce siècle, on croyait couramment que c'étaient les « cochons volants » qui provoquaient les effets gênants sur les personnes et leur environnement. Par exemple, on croyait que si les cochons restaient au sol, les événements surprenants qui caractérisent une tempête à F.E.I. ne se produiraient pas. Cette fausse croyance superstitieuse entraîna la désastreuse lubie des « Pattes au sol », qui se répandit dans le pays après qu'elle fut introduite par le ministre du Temps de l'époque, le docteur Gérald S. Popoton.*

Le docteur Popoton exigea que tous les cochons soient enfermés dans des abris, bas de plafond, et des porcheries grillagées, pour empêcher ces animaux de monter dans les airs. Une importante campagne réussit à toucher toute la population porcine, juste avant le début de la « Saison des porchons » officielle. Le docteur Popoton annonça que son gouvernement avait résolu « le problème du siècle » et prédit une ère de prospérité sans précédent pour la nation.

« Laissez vos fenêtres ouvertes, vos portes aussi », dit-il avec assurance. « Les cieux sont cléments. La menace des porchons est désormais de l'histoire ancienne. » Lui et le Premier ministre, madame Sonia Mingus, fêtèrent le premier jour de la saison (comme vous pouvez le voir sur la photographie de presse de l'époque, à gauche) par une réception en plein air dans les jardins du Parlement.

Malheureusement bien sûr, lorsqu'une des plus grosses tempêtes à F.E.I. de l'histoire du pays se déclencha le troisième jour, l'enfermement des cochons eut pour seul effet d'avoir rendu cette tempête totalement imprévisible et inattendue. Comme aucun cochon ne put s'envoler, le F.E.I. ne fut pas mesuré, mais on croit qu'il fut de force 10.

Ceci provoqua des ravages dans les écoles, les bureaux et les usines de toute la nation, où aucune des précautions, normalement prises en saison de porchon, n'avait été observée.

Il est estimé que dix mille personnes quittèrent leur travail en croyant qu'elles préféraient tra-

vailler ailleurs, ou ne pas travailler du tout. On retrouva plus tard beaucoup de ces personnes sur les plages à vendre des boissons, dans des cirques à faire les clowns ou dans les montagnes à chercher de l'or.

Les écoliers de cinquante-sept écoles chassèrent leurs instituteurs et partirent en vacances. Dans quarante-huit autres, en revanche, les enfants se mirent à travailler tellement qu'ils couvrirent le programme d'un an en un jour. Beaucoup d'enseignants de ces écoles firent une dépression nerveuse. Certains ne s'en remirent jamais et durent prendre une retraite anticipée.

La petite ville de Doucèvre fut dévastée quand l'usine de crème glacée, principale source d'emploi, fit de la surproduction, et que les boîtes de bombes au chocolat éclatèrent et inondèrent la rue principale. Tous les habitants de cette ville et cent douze chiens eurent de sérieux embarras gastriques et engelures consécutifs à cette tragédie.

L'usine de chaussures de Pediville produisit mille deux cents chaussures gauches violettes à talon haut en six heures, au plus fort de la tempête. Le contremaître, M. Eric Semelle a dit par la suite que « cela avait paru être une bonne idée sur le coup. »

Des centaines de jumeaux, de triplés et qua-druplés sont nés dans les maternités de tout le pays en cette seule journée, provoquant ainsi une augmentation fulgurante de la population et de sérieux encombrements dans les crèches et les écoles les années suivantes.

Les membres du Parlement votèrent une loi à l'unanimité pour que tout citoyen, de plus de dix ans, porte toujours en public une portion de frites sur la tête.

Nombre de propriétaires de cochons furent atteints de surdité pour plusieurs jours, à cause des cris épouvantables de leurs animaux captifs, apparemment devenus fous de ne pouvoir s'envoler. Certains cochons s'en prirent même à leur propriétaire. Mme Freda Geignant de Lamenton fut gravement mordue au coude par son verrat de six ans, Henry. « Henry est comme mon fils, a-t-elle déclaré tristement dans son lit d'hôpital, et voilà comment il me traite ! »

Le jour suivant le désastre, madame le Premier ministre réunit son cabinet en session extraordinaire. Elle fit ensuite une déclaration demandant de libérer immédiatement tous les cochons. Il était prouvé une fois pour toutes, a-t-elle déclaré, que les cochons volants n'étaient pas la cause des F.E.I. mais une des conséquences. En outre, ajouta-t-elle, la montée des cochons fournissait un bon système de prémunition qui avait permis pendant des siècles, de se préparer aux tempêtes à F.E.I. et de prendre des mesures pour amoindrir leurs effets. Dans la même

*déclaration, elle annula le décret « Frites »,
disant qu'il s'était avéré peu pratique.*

*Le docteur Popoton n'était pas présent à la
session extraordinaire du Parlement. La veille, il
avait, disait-on, poursuivi un gros pélican qui
était entré au restaurant réservé aux membres du
Parlement, et qui s'était enfui avec son repas (des
saucisses, des frites, des petits pois et du flan au
riz). Il ne revint jamais à la vie politique, et on
croit qu'il a fini ses jours comme chauffeur de petit
train dans le parc d'attractions de Bonenfant.*

*Depuis le fiasco de la théorie Popoton, il y a
une amélioration dans la prévision des tempêtes à
F.E.I., et les recherches du Bureau météorologique continuent. Chaque foyer devrait cependant
garder un cochon à usage domestique comme
signal prémonitoire. Une allocation gouverne-
mentale est disponible pour aider ceux dont les
moyens modestes ne permettraient pas d'acheter et
de nourrir leur animal.*

Rachel referma le livre et contempla les
points d'interrogation de la couverture. Elle
hocha lentement la tête et jeta un coup d'œil à
Enid.

La vieille dame somnolait, son tricot sur les
genoux. Le haut de la manche du pull vert
foncé était devenu un gant rose vif avec six
doigts.

L'horloge ronfla dramatiquement, mais ne sonna pas.

Rachel se rendit à la fenêtre. Comme de gros ballons roses, les cochons rebondissaient dans le ciel. Il y en avait tellement qu'elle ne pouvait pas les compter. Combien de temps allait durer cette tempête ? Enid avait dit qu'elle serait finie le soir même. Peut-être qu'alors elle pourrait rentrer chez elle. Ce qu'elle avait lu dans le livre prouvait qu'elle était forcée de rester où elle était, jusqu'à la fin du porchon. Tout pouvait arriver dehors.

Au moins elle savait qu'il y avait déjà eu des Étrangers ici. Et Enid avait dit que lorsque Bert se réveillerait, il pourrait lui en parler. Le livre aussi, peut-être ! Elle se précipita dans son fauteuil et reprit le livre pour chercher « Étrangers » dans l'index. Oui, ça y était. Elle l'ouvrit à la bonne page. Il n'y avait qu'un court paragraphe :

Étrangers : *C'est le nom donné aux visiteurs accidentels d'un autre monde, dont on ne connaît pas la situation géographique. On sait très peu de choses sur ces personnes qui apparaissent toujours brusquement, juste avant ou pendant une tempête à F.E.I., de force 8 ou plus (voir Facteur d'Événements Invraisemblables, p. 432), et qui*

*apparemment ignorent la façon dont ils sont
arrivés. La sagesse populaire dit que les Étrangers apparaissent environ une fois tous les dix
ans. Il est intéressant de noter que les tempêtes à
F.E.I. sont, soit inconnues, soit très rares Au-
dehors, et que les Étrangers semblent n'être que
très peu affectés par le F.E.I., même s'ils sont
exposés au plus fort de la tourmente.*

« Bon, pensa Rachel, cela ne me sert pas
beaucoup ! Sauf à m'expliquer pourquoi je ne
suis ni lunatique, ni amnésique, ni désireuse
de m'engager dans un cirque ou autre. Les
Étrangers ne sont peut-être pas affectés par
les F.E.I. parce qu'ils sont déjà immunisés
par toute l'histoire pour venir ici ! C'est vrai,
que peut-il vous arriver de plus invraisemblable que cela ? »

L'horloge ronfla. Le petit cochon jaillit de
sa maison et poussa quatre cris aigus.

Les paupières d'Enid battirent et elle
s'étira.

— Oh ! bâilla-t-elle, j'ai dû m'endormir.
Oh, mon Dieu !

Elle aperçut Rachel et ouvrit de grands
yeux d'un air surpris.

— Gloria ! s'écria-t-elle. Gloria, tu es ici !
Oh !...

— Non... non... je suis Rachel, dit vivement Rachel. Je suis arrivée tout à l'heure. Euh... est-ce que... ?

Enid perdit soudain son air hébété.

— Oh ! oui, mignonne, excuse-moi. Oui, je me souviens... euh... je crois me souvenir... oui, je me souviens très bien, évidemment. Tu es arrivée avec le porchon. Dora est-elle déjà descendue ?

— Dora ? Euh, je ne..., dit Rachel en regardant autour d'elle. Y avait-il quelqu'un d'autre dans la maison qu'elle n'avait pas encore vu ?

Enid posa son tricot et s'extirpa de son fauteuil. Elle alla jusqu'à la fenêtre en titubant un peu.

— Oh, non ! dit-elle. La voilà, pauvre âme. Encore dans les airs. Seigneur, quelle tempête !

Rachel courut voir à la fenêtre.

— Voici notre Dora, dit fièrement Enid, en la montrant du doigt. Celle avec le nœud vert... juste à gauche de cet arbre. Tu la vois ?

Les yeux de Rachel suivirent le doigt d'Enid. Oui, c'était Dora, un cochon tout souriant avec un ruban vert autour du cou, rebondissant dans les airs en agitant joyeusement les pattes dans la brise.

— Elle ne va plus très haut maintenant, pauvre Dora, dit tendrement Enid. Elle n'est plus aussi jeune. Pourtant elle sera fatiguée ce soir à la façon dont elle y va. Elle s'amuse drôlement bien là-haut avec tous ses compagnons. Regarde-la un peu !

— Dora est toujours là-haut, c'est ça ? demanda Bert depuis la porte.

Rachel sursauta : « Oh, non ! Pas encore lui, ce Bert grognon ! » Elle le regarda d'un air inquiet pendant qu'il venait aussi à la fenêtre.

— Ah ! (Il hocha la tête.) Ces bêtes folles, regarde-moi ça ! Les pattes en l'air pendant que nous sommes coincés ici. Les légumes ont besoin d'eau aussi. Il va falloir que je sorte les arroser aujourd'hui, sinon ils seront secs comme des harengs !

Rachel le regarda attentivement. Il semblait encore un peu dérangé, mais sa très mauvaise humeur avait disparu et son visage avait perdu son air méchant. Son somme lui avait donc fait du bien !

— Pourtant ils sont plus bas, je trouve, Enid, dit Bert en mettant la main sur l'épaule de sa femme. Encore quelques heures et tout ira bien.

Il se tourna vers Rachel.

— Et tu pourras rentrer chez toi, jeune fille, non ? dit-il vraiment très gentiment.

Rachel chercha du regard le soutien

"**V**oici notre Dora..."

d'Enid, mais la vieille dame lui souriait d'un air absent. Elle avait dû oublier que Rachel était venue de l'Au-dehors.

— T'as perdu ta langue ? lança Bert, redevenu soudain irritable.

— Non... excusez-moi.

Rachel avala sa salive et battit vivement des paupières pour retenir les larmes qui menaçaient encore de lui emplir les yeux. Elle s'éclaircit la voix et prit une profonde inspiration :

— Mme... Enid m'a dit... que vous m'aideriez à rentrer chez moi, dit-elle à voix basse. Je n'habite pas ici. Je suis... euh... le livre dit, Enid dit, que je suis une Étrangère, et...

— *Quoi ?* (Les sourcils de Bert montèrent brusquement.) Tu me fais marcher ! Enid, qu'est-ce que c'est ?

Enid sursauta.

— Quoi, Reg ? murmura-t-elle en le regardant d'un air étonné.

— Quelle est cette histoire d'Étrangers ? Remets-toi, espèce de toquée !

Enid le regarda sans comprendre, puis son visage s'éclaira.

— Oui ! cria-t-elle. Oh, je me rappelle ! Oui, Bert, c'est passionnant, non ? Cette petite fille est une Étrangère. Notre première au bout de si longtemps ! (Elle entoura Rachel de son bras et sourit d'un air ravi à son mari.) Elle a besoin de notre aide pour rentrer chez elle, chéri, et je lui ai dit que tu savais tout sur les Étrangers. Elle en est une, Bert. Elle ne savait rien sur les porchons, ou les F.E.I., ni rien. Savais-tu qu'ils n'ont pas de lampes de vie Au-dehors ? Ses parents doivent être fous !

— Eh bien ! Quel coup de chance ! souffla Bert en regardant Rachel d'un air fasciné. Je n'en reviens pas ! Viens t'asseoir ici chérie, et raconte-nous tout, hein ?

— Je vais faire une tasse de thé, dit joyeusement Enid. Si je peux retrouver la théière !

5

Il y a quand même un problème

QUAND Rachel eut terminé son histoire et
que Bert lui eut posé toutes les questions qu'il
avait à poser, il s'éclaircit la voix, mit ses
mains sur ses genoux et la regarda pensivement.

Rachel attendit anxieusement.

— Bon, il y a quand même un problème,
dit-il enfin.

Le visage de Rachel se défit. Cette réflexion
ne lui semblait pas très optimiste.

— Mais je croyais que vous saviez tout
sur... euh... les Étrangers, dit-elle d'un ton
réprobateur. Enid m'a dit... J'espérais que
vous sauriez comment me faire rentrer chez
moi.

— Je ne sais pas tout sur tout, jeune fille,
dit Bert plutôt froidement. Je ne suis qu'un
fermier. Pas un professeur d'université ou je
ne sais quoi.

— Mais tu peux l'aider un peu, Bertie ? lança Enid d'une voix câline depuis l'autre bout de la cuisine.

— Tiens ! Tu te rappelles donc mon nom ? répliqua Bert. Bravo !

— Bon, écoute Albert Alité ! rétorqua Enid en devenant toute rouge. Ne va pas trop loin ! J'ai été patiente avec toi, mais...

Il leva les mains.

— Excuse-moi, chérie, c'est un langage de porchon. Excuse-moi. (Il se tourna vers Rachel.) Voyons, Rachel, dit-il beaucoup plus gentiment. A mon avis, nous devrions demander conseil à deux personnes que je connais en ville, et qui ont réellement passé beaucoup de temps avec des Étrangers autrefois. Parce que j'ai lu des choses et entendu parler d'eux, et j'en ai même rencontré un une fois, mais tu vois, je n'en ai jamais aidé à retourner Au-dehors.

— Est-ce qu'ils... est-ce que nous... y retournons toujours ? demanda Rachel d'une voix timide.

— Ça, écoute, dit Bert avec prudence, disons que... Bon, il y en a, il y en a eu, au cours des ans, au dire de tout le monde, qui n'ont pas voulu y retourner. Ils se plaisent ici, tu vois, et ils restent un peu, puis au bout d'un moment, ils oublient qu'ils ont un jour vécu ailleurs et...

— Oh, non ! s'écria Rachel. Oh, non ! Mais j'ai...

— Oh ! mais pour toi, c'est différent, chérie, intervint vivement Enid en lançant un regard de reproche à Bert. Parce que tu as de la famille à retrouver et tout.

— Jamais je n'oublierai, pleurnicha Rachel. Je ne veux pas oublier...

— Bien sûr, chérie, dit Bert en lui tapotant le genou. Ce que je voulais te dire, c'était que certains sont comme ça, mais qu'en général, les Étrangers veulent absolument retourner Au-dehors, et le fait est que nous pensons qu'ils y arrivent. Certains restent quelques jours, d'autres quelques mois. Un gars que j'ai connu est resté un an dans le coin, il travaillait à la banque en ville. Mais à la fin, ils s'en vont tous brusquement. Et nous pensons, les livres le disent aussi, qu'ils retournent Au-dehors.

— Mais... vous ne savez pas s'ils l'ont fait, dit Rachel tristement. Ils ont pu simplement sortir dans un porchon et se perdre, puis aller vivre ailleurs Au-dedans comme... comme l'a fait Gloria.

— Oui..., admit Bert, mais généralement, les Étrangers ne sont pas perturbés comme nous par le F.E.I. Pas avant d'avoir vécu ici plusieurs années. Il y a donc des chances pour qu'ils ne soient pas perdus. Mais plutôt pour qu'ils aient soudain découvert comment rentrer chez eux, et qu'ils l'aient fait. (Il s'interrompit.) Ça doit être, tu sais, très... paisible Au-dehors, dit-il presque avec envie.

— Enfin, dans un sens, dit pensivement Rachel. Oui, ça l'est généralement, du moins comparé à ici. Il ne se passe pas autant de choses drôles en même temps. Mais il en arrive quelquefois, ainsi que des choses intéressantes. J'aime quand cela se produit. C'est vrai, ici ça n'arrête pas, et c'est un peu...

— Tu es maintenant au pire moment de l'année, tu sais, mignonne, dit Enid avec bonne humeur. (Elle disposait du fromage et de la salade sur trois assiettes pour le dîner.) A la morte-saison, nous n'avons que quelques rares petites montées de cochons, juste force 1 et 2, juste agréables. Juste assez pour couper la monotonie, si tu vois ce que je veux dire. Oh, Bert !

— Quoi ?

— As-tu pensé à ouvrir le réservoir ?

— Bien sûr ! répondit impatiemment Bert. Je ne suis pas du genre à m'écrouler à cause d'un porchon !

— Ça dépend de ce qu'on entend par

s'écrouler, je dirais, rétorqua Enid d'un ton acerbe.

— Il doit d'ailleurs être plein maintenant, dit Bert.

Il se dirigea du côté de l'horloge et se mit à tourner une manivelle qui dépassait du mur.

Il y eut un grincement dehors et Rachel courut regarder par la fenêtre.

Un grand réservoir peint en vert, du genre réservoir à eau, était près de la maison. Il y avait un couvercle qui se fermait lentement pendant que Bert tournait la manivelle. Tandis que Rachel l'observait, le couvercle s'ajusta sur le réservoir et le ferma parfaitement.

— Qu'y a-t-il dans ce réservoir? demanda Rachel à Bert, sa curiosité reprenant le dessus.

— F.E.I., chérie, répondit Bert avec satisfaction, en donnant un dernier tour de manivelle. Force 8 au moins, d'après le nombre de cochons actuellement en l'air.

— Mais pourquoi le gardez-vous? demanda Rachel perplexe.

— Ben... euh, c'est-à-dire, tout le monde le fait, dit Bert. Enfin, il faut bien avoir une réserve pour la morte-saison, n'est-ce pas?

— C'est vrai?

Enid se mit à rire.

— Bien sûr que c'est vrai, chérie. Suppose qu'il n'y ait pas de F.E.I. pendant un mois ou deux !

— Mais... ce serait bien, non ? Je croyais que ça vous faisait, euh, oublier les choses, et que ça déréglait l'horloge, et que ça faisait disparaître les gens, et...

— Oh ! oui, bien sûr, mignonne, parce qu'il y en a trop à la fois. Ça, ce sont les tempêtes à F.E.I. Mais que ferions-nous sans aucun F.E.I. ? C'est vrai, nous avons connu des mauvaises passes de repos de cochons autrefois. N'est-ce pas, Bert ? Oh, mon Dieu ! c'est calme à un point ! Pas de visiteurs inattendus, pas de choses amusantes à la télé, pas de surprises, même pas un œuf à deux jaunes au petit déjeuner ! On ne peut pas vivre comme ça, n'est-ce pas ? Alors nous gardons toujours le réservoir plein. Nous le remplissons généralement à cette période-ci, vers la fin de la saison. Puis s'il y a un long repos de cochons, nous pouvons laisser sortir un peu de F.E.I.

— Pas beaucoup, Rachel, expliqua Bert. Juste assez pour voir venir, jusqu'à ce que le temps s'arrange. Je veux dire qu'il n'y en aurait jamais assez pour faire monter les cochons, de toute façon.

Rachel hocha la tête. Comme c'était surprenant ! Ainsi, quand il y avait une « pénurie » (Enid appelait ça « repos de cochons »), il ne se produisait rien d'anormal ici ! Jamais ! Peut-être alors… peut-être qu'il y avait quand même un peu de F.E.I. dans l'air chez elle, après tout. Pas assez pour, disons faire voler les cochons, mais juste assez pour provoquer des choses inhabituelles de temps en temps, pour rendre la vie intéressante.

Elle se rappela soudain les jours à l'école où tout le monde semblait nerveux et excité sans raison. Et ceux où son père se plaignait que tous les gens sur la route conduisaient comme des fous. Et quand elle avait cette sensation de picotement dans le ventre sans savoir pourquoi. Peut-être… peut-être que c'était le F.E.I. Peut-être — les pensées de Rachel se bousculaient. Elle était venue ici, n'est-ce pas ? D'une manière ou d'une autre, elle était passée de l'Au-dehors à l'Au-dedans. Et d'autres personnes l'avaient fait aussi. Peut-être qu'il y avait une fuite de F.E.I. de l'Au-dedans vers l'Au-dehors ! Peut-être que, parfois, le monde de l'Au-dehors avait un petit aperçu de ce que les gens de l'Au-dedans vivaient la plupart du temps ! Quand le F.E.I. violent de l'Au-dedans s'échappait et se mêlait au doux F.E.I de l'Au-dehors… C'était possible. Et chez elle, ces jours bizarres étaient souvent des jours de grand vent aussi. Elle l'avait remarqué. Alors, alors...

L'horloge ronfla et le petit cochon jaillit de sa maison, en criant comme un fou. Puis il s'interrompit et resta immobile en les regardant bêtement.

— Quel sot animal ! gronda Bert. Rentre donc !

Le cochon ne bougea pas. Bert lui montra le poing.

— Un de ces jours..., gronda-t-il. Comment peut-on savoir l'heure quand cette imbécile d'horloge est toujours...

— Mets la télé, Bert, proposa calmement Enid. Ils nous donneront peut-être l'heure. (Elle sourit.) Avec un peu de chance.

— Tu parles d'une chance ! marmonna Bert. Mais il alla allumer la télévision.

Il y eut un bourdonnement aigu et une image apparut sur l'écran. Un homme en costume de lapin blanc se débattait par terre dans le studio, irrémédiablement emmêlé dans un grand serpent de caoutchouc. Des gens avec des écouteurs s'affairaient autour de lui pour essayer de le libérer.

— Ah ! grogna Bert écœuré. La Une est hors course !

— Quel dommage pour le Temps des

"Le lac était encore tremblotant mais
il prenait vite..."

enfants de M. Follet ! dit Enid. Ça aurait plu à Rachel.

Bert changea de chaîne. La Deux était complètement hors circuit. Sur la Trois, il y avait une publicité pour de la lessive qui passait très vite à l'envers. Une chemise propre sautait des mains d'une dame souriante, plongeait dans une machine à laver et s'envolait encore, avec une grosse tache sur une manche. La dame s'attristait et débitait des mots incompréhensibles devant la caméra.

— Dernière chance, dit Bert en poussant le quatrième bouton.

Un journaliste à l'air digne et aux épais cheveux gris ondulés était assis à un bureau et lisait les nouvelles. Derrière lui, un écran présentait une photographie du ciel rempli de cochons. Le journaliste paraissait un peu nerveux, mais autrement, tout semblait normal.

— Bon, Dieu merci, ça va, dit Enid, et, en s'essuyant les mains sur son tablier, elle vint rejoindre les autres.

« Actuellement on pense que la tempête à Facteur d'Événements Invraisemblables régresse sur l'ensemble du pays, dit le journaliste avec solennité. On signale que des cochons descendent à l'extrême ouest et au nord. Les régions côtières sont cependant encore très sérieusement touchées, et on conseille à leurs habitants de continuer à prendre des précautions jusqu'à ce que leurs cochons domestiques soient retombés à hauteur de fenêtre. »

— Pas besoin de nous le dire, camarade, marmonna Bert. Je ne sortirais pas là-dedans, même si tu me payais !

« Au plus fort de la tempête, poursuivit du même ton le journaliste, un semi-remorque se rendant aux entrepôts de la compagnie Gelée Vite-Prise à Glenvale s'est retourné sur le pont au-dessus du Petit Lac, et tout son chargement de cubes rouges s'est déversé dans l'eau. Selon le dernier rapport, le lac, une des attractions les plus touristiques de la région, était encore tremblotant, mais il prenait vite. On croit qu'il sera solidifié à la tombée de la nuit.

Des groupes d'écologistes se relaient pour libérer cinquante canards pris dans la gelée. Malheureusement, ces oiseaux résistent, car ils se sont découvert un goût pour le dessert à la framboise, et plusieurs volontaires ont dû être soignés pour des morsures de canard et de sérieuses contusions. Neuf autres volontaires ont été vaincus par le F.E.I. et sont maintenant assis dans le lac, en train de suçoter la gelée, et refusent de bouger.

L'équipe de police secours a été dépêchée sur place. »

Le journaliste prit une profonde inspiration et une autre feuille de papier. L'image de deux vieilles dames, identiques en tout point, apparut sur l'écran derrière lui.

« Sur une note plus gaie, lut-il, Irma Forte, quatre-vingt-dix ans, a surpris un voleur masqué dans une chambre de sa maison, cet après-midi, à Crochetonville. Elle a maîtrisé le coupable, qui s'apprêtait à disparaître avec un pendentif en diamant et trois coupes d'argent gagnées par Mlle Forte dans les concours régionaux de karaté.

Ayant immobilisé le voleur par une double cravate, Mlle Forte lui ôta son masque, pour découvrir que l'intrus était sa sœur jumelle Ida, qu'elle n'avait pas vue depuis quatre-vingts ans.

Mlle Forte a refusé de porter plainte, et ce soir les deux sœurs fêtent leurs retrouvailles. »

— Et voilà ! dit Enid tranquillement. C'est un mauvais porchon qui n'apporte rien de bon à personne, comme disait maman.

Rachel la regarda intriguée.

— Chut ! lança Bert. J'écoute !

« Douze pervenches ont été blessées aujourd'hui, dit gravement le journaliste,

quand le bus dans lequel elles voyageaient...
(Il s'interrompit et s'éclaircit la voix.) Excusez-moi, je vais recommencer, dit-il en souriant d'un air pincé. Douze personnes furent
blessées aujourd'hui... »

— Ça commence, dit Bert d'un air maussade.

On entendit un fracas, puis un éclat de
musique cacophonique et un cri. Une dame
qui portait une robe à rayures et tenait une
longue baguette, apparut sur l'écran devant le
bureau du journaliste. Elle semblait avoir le
pied pris dans un seau. Tout en souriant
fixement à la caméra, elle tanguait terrible-
ment et sa baguette tremblait dangereuse-
ment.

— C'est cette femme qui fait le bulletin
météorologique, elle s'appelle Sonia, dit
Enid, touchée. Oh, mon Dieu, j'espère
qu'elle fait attention à cette baguette !

Bert s'esclaffa de rire.

Le journaliste, resté à sa place, avait un
sourire professionnel figé sur les lèvres, et de
fines gouttelettes de sueur brillaient sur son
front. Il continua avec fermeté, ignorant
Sonia qui se mit à battre des bras sauvage-
ment pour essayer de maintenir son équilibre.

« Ils... elles ont été admises à l'hôpissal
entore chou le soc ! » termina-t-il triomphale-

ment. Puis il parut regretter ce qu'il venait de dire.

Dans un grand cri, Sonia glissa et tomba. La baguette partit de sa main comme un javelot, droit sur le journaliste. Celui-ci baissa la tête juste à temps. Le javelot lui rasa la tête en emportant son scalp, qu'il ficha sur l'écran en vibrant.

— Il est scalpé! s'écria Enid avec horreur et excitation. Regardez ça! Oh!

— Que tu es bête! C'est une perruque! rugit Bert. C'est une perruque! Il est chauve comme un œuf! Regarde donc!

— Seigneur, il est donc chauve! soupira Enid avec épouvante.

Le journaliste, les yeux écarquillés devant l'horreur de la situation, se cacha derrière le bureau.

— J'ai toujours trouvé que ses cheveux étaient trop bien pour être vrais, ricana Bert en caressant sa propre calvitie. J'aurais dû m'en douter.

— Pauvre homme, murmura Rachel en regardant le journaliste se sauver à quatre pattes et disparaître de l'écran.

Elle s'adossa pensivement dans son fauteuil. La vie dans un porchon n'était certainement pas facile. Pour personne!

*
**

Alors qu'ils mangeaient leur salade, l'horloge ronfla et le cochon cria triomphalement sept fois. Les aiguilles indiquaient sept heures. Le cochon se retira dans sa maison et les petites portes se fermèrent d'un coup sec.

Bert se mit à rire.

— On dirait que nous revenons à la normale, chérie, dit-il à Enid.

« Il a l'air bien plus heureux depuis un moment », pensa Rachel.

Il était même franchement joyeux. Le sillon entre ses sourcils avait disparu et les coins de sa bouche étaient relevés au lieu d'être tombants.

— Enfin ! dit Enid. Oui, sept heures. Oh ! ça me rappelle, Bertie, Rachel va forcément rester ici cette nuit. Elle peut prendre la chambre de Gloria. Peux-tu monter me chercher le vieil édredon ?

— Bien sûr. Où est-il ?

— L'étagère du haut, à gauche dans l'armoire, répondit Enid avec assurance.

Était-ce la même dame qui ne pouvait pas se rappeler le nom de son époux quelques heures auparavant ?

On frappa à la fenêtre.

— Coucou, Dora chérie, cria Enid en faisant signe de la main.

Une face rose et porcine, le museau appuyé contre la vitre, leur souriait. Une patte frappait poliment au carreau.

— Je vais aider la vieille dame à descendre et la mettre au lit, dit Bert. Et arroser les légumes pendant que j'y serai. Vous, les filles, restez tranquilles à vous reposer. Je ferai la vaisselle après.

— D'accord, chéri, dit Enid. (Elle sourit à Rachel.) Que dirais-tu d'un peu de glace au chocolat, Rachel ? Je viens de me souvenir que j'en ai acheté hier. Je devais savoir que tu allais venir, hein ?

*
**

Rachel, pelotonnée dans son lit, songea longtemps ce soir-là. La lampe de vie de Gloria, une petite lampe ordinaire avec un abat-jour en verre dépoli, brillait d'une façon réconfortante près de la fenêtre, et elle entendait encore Bert et Enid qui riaient devant la télé à l'arrière de la maison. Enid l'avait bordée dans son lit et embrassée.

— Ne te fais pas de souci, chérie, avait-elle chuchoté à Rachel. Dors bien. Demain matin, Bert t'emmènera en ville. Il sait

quelles personnes il faut voir. Tout ira bien.
Nous te ferons rentrer chez toi. Tu peux nous
faire confiance.

« Je suis contente d'avoir atterri chez Bert
et Enid, pensa Rachel en s'endormant. A tout
prendre, je suis contente de les avoir trouvés
pour s'occuper de moi. » Elle se força à ne pas
penser à chez elle. « Pleurnicher ne résoudra
rien, se dit-elle. C'est ce que diraient papa et
maman. Ils me diraient : Sois courageuse,

"F.E.I... Force 8 au moins !..."

Rachel, et garde ta présence d'esprit. Et c'est ce que je vais faire. Je vais garder ma présence d'esprit et je rentrerai chez moi. »

Elle se laissa gagner par la chaleur et la douceur du lit, et son cerveau glissa lentement dans le sommeil.

6

Lé Murien

— MAIS il faut qu'on y aille, il le faut, suppliait Rachel. Il faut qu'on aille en ville. Bert, vous l'avez promis !

— Enid, j'ai promis à l'enfant, dit Bert avec impatience. Je lui ai dit que je l'emmènerais ce matin pour chercher de l'aide.

— Mais Bertie, Rachel ma chérie, le bulletin ! Vous l'avez entendu tous les deux. Ils le répètent toutes les demi-heures. Force 10, ils disent. Probablement le dernier de la saison, et tu sais ce que ça veut dire !

— Un mastodonte, c'est cela, je sais, dit Bert sérieusement. Mais cet après-midi, ils ont dit, Enid. Après le déjeuner, qu'ils ont dit. Si nous partons tout de suite après le petit déjeuner…

— On ne peut pas se fier à eux ! dit Enid d'un ton plaintif. Ça peut arriver n'importe quand, tu le sais bien, Bertie. Et alors où irez-vous ?

— Tout ira très bien, Enid. Nous aurons l'œil sur la montée des cochons, et nous reviendrons ici comme deux fusées si les choses semblent mal tourner. Tu n'as rien à craindre ici, chérie. Mais garde bien tout fermé.

Enid mit les mains sur les hanches.

— Ce n'est pas pour moi que je m'inquiète. C'est pour vous ! (Elle soupira.) Pour vous deux ! Mais je vois bien que ça ne sert à rien d'essayer de vous faire entendre raison. Partez donc alors, et vite ! Ne perdez pas la moindre minute. Et revenez pour midi. Promis ?

— Ne t'inquiète pas, maman, dit Bert en avalant son thé en toute hâte. Tout ira bien, n'est-ce pas, Rachel ?

Rachel acquiesça vivement, en enfournant le reste de sa tartine dans sa bouche.

— Les dernières paroles mémorables, dit Enid en reniflant.

Elle les accompagna à la porte.

— Je regrette de ne pas avoir de robe à te donner, chérie, dit-elle à Rachel. Celles de Gloria n'existent plus depuis longtemps. Et mes chaussons que tu portes, ne sont pas terribles. Pourtant, c'est mieux que rien, je suppose.

— Oh ! ils sont très bien, assura Rachel en souriant devant les pantoufles de fourrure rose. Je peux les retenir avec mes orteils, et ce n'est pas grave s'ils claquent un peu derrière. C'est beaucoup mieux que d'aller pieds nus.

— Au revoir, chérie, dit Bert. Il l'embrassa en lui donnant une petite tape sur le bras.

Rachel regarda le bon visage d'Enid. Ses yeux n'étaient plus perdus, mais lui souriaient chaleureusement. Spontanément, Rachel se jeta dans les bras de la vieille dame.

— Merci, dit-elle.

Enid la serra contre elle et l'embrassa sur le haut de la tête.

— Merci à toi, Rachel ! dit-elle.

— Ça suffit vous deux ! dit Bert en riant. Pas besoin de tout ça. Vous allez vous revoir à midi.

— Peut-être ! dit Enid d'une drôle de voix. Elle eut un dernier geste tendre pour Rachel, puis se tourna vers la porte. Elle s'éclaircit la voix :

— Bon, allez et laissez-moi retourner travailler. Grâce à mes efforts d'hier, j'ai un peu de tricot à défaire et plein de choses à remettre en ordre avant que le porchon arrive.

Depuis le seuil, elle les regarda monter

dans le vieux camion garé à côté de la maison, et leur fit signe de la main quand ils s'éloignèrent dans le chemin. Rachel se retourna en arrivant en haut de la côte, et elle vit derrière le nuage de poussière, le mouchoir blanc d'Enid qui voletait toujours. Puis le camion redescendit et la maison ne fut plus visible.

— Pauvre vieille, dit Bert. Ça lui a fait un choc de te voir. (Il hésita.) A cause de Gloria, tu vois, ajouta-t-il prudemment.

Il ralentit en passant devant une rangée de maisons.

— Je... je regrette, marmonna Rachel.

Elle s'adossa contre le siège de cuir fendillé, se sentant étrangement perdue.

Bert se pencha et lui tapota l'épaule.

— Voyons, voyons, dit-il. Allons, c'est pas ta faute, hein ?

Il fit un signe à un vieil homme qui se tenait devant la dernière maison.

— C'est le vieux Jacob Simons, dit-il à Rachel. Il se demande qui tu es, je parie. Il adore les enfants, ce Jacob. Toujours un signe à Gloria quand je l'emmenais en ville dans le camion. C'est un de ceux qui l'ont vue partir, tu sais.

— Partir ?

— Oui. Je croyais qu'Enid t'avait raconté l'histoire. La petite, elle était partie chercher son chaton, tu vois, dans un porchon.

— Oui, je sais, c'est vrai qu'Enid m'a dit ça. Mais pas plus.

— Bon. Il paraît qu'elle était allée jusque sur la route pour appeler son sacré chat, et il y avait un de ces gros ballons avec un panier dessous, le genre où on peut monter, tu sais ?

Rachel acquiesça, les yeux écarquillés.

— Qui était dedans ? demanda-t-elle.

— Apparemment personne, dit Bert en fronçant les sourcils. Jacob et quelques autres personnes de là-bas ont tout vu de leurs fenêtres. Mais on voit plein de choses étranges dans un porchon, tu sais. Des licornes dans le jardin, effrontées comme pas deux et qui mangent les salades, des pianos échappés, des gens désaxés. Le facteur s'est fait prendre une fois dans un porchon. Je n'oublierai jamais ça. Il courait devant la maison en grognant et en aboyant comme c'est pas permis, en poursuivant une meute de chiens. Il a fallu aussi un certain temps avant qu'on puisse le faire entrer...

Bert en riait encore.

— Bref, pour en revenir à mon histoire, dit-il, personne n'était réellement surpris de voir ce jour-là un ballon libre avec son panier qui rebondissait sur la route. Mais ensuite, ils ont vu Gloria qui courait après son chat. Il a

sauté dans le panier et elle l'a suivi. Et avant
qu'ils aient pu faire un geste, il y a eu une
rafale de vent qui a emporté le ballon. Haut et
loin. Il hocha la tête et se tut.

— Et... vous ne l'avez jamais retrouvée ?
demanda timidement Rachel.

— Non, jamais, dit simplement Bert.
Nous avons mis des annonces dans le journal
et on l'a cherchée partout, mais elle avait
disparu dans le ciel, c'est tout. (Il tapota
pensivement le volant du bout des doigts.)
Trop jeune pour se rappeler, tu vois. Elle est
installée autre part, maintenant.

Rachel agita ses orteils dans les doux chaussons roses et le regarda à la dérobée. Il lui fit
un sourire.

— Mais c'est une vieille histoire. Aujour-
d'hui, c'est ton problème qui nous occupe,
chérie. Et ce ne sera pas long. Tu vois ? Il
pointa le doigt. Voici Vallée de Couette, en
bas.

— Vallée de Couette est le nom de la ville ?
demanda Rachel. Couette était une personne ?

— Absolument, dit Bert en ralentissant
pour passer sur un petit pont cahoteux. Le
vieux Plume Couette était une personne,
effectivement. Ils ont donné son nom à la
ville, pauvre gars.

— *Plume...* Couette ?

— C'est ça. Plume Élisabeth Couette. Il venait de Sarcasmons, la grosse ville voisine. Pauvre gars. Né pendant un porchon, tu vois ? Sa mère, à ce qu'on dit, trouvait que c'était très bien à l'époque. Mais un nom pareil, pffft ! Imagine un peu ! La moitié des gamins de Sarcasmons l'appelaient Edredon, et l'autre moitié Betty, paraît-il. Les gosses sont quelquefois cruels, hein ? Tout le temps à l'embêter et à lui jeter des pierres ! A la fin il a tout plaqué et il est parti vivre en ermite ici, dans cette vallée. Il a vécu tout seul pendant longtemps, puis d'autres personnes sont venues habiter ici, et la ville a plus ou moins grandi autour de lui. Mais il avait environ quatre-vingts ans, et ça ne semblait plus le déranger de voir des gens autour de lui, paraît-il. Il s'asseyait devant sa bicoque, avec un grand vieux chapeau de paille, son chien près de lui, et il disait bonjour aux passants. Les femmes lui apportaient des œufs et des gâteaux, de la confiture et tout. Fameux bonhomme ! Il a vécu jusqu'à cent deux ans, ce vieux Couette ! termina Bert fièrement. Et quand il mourut, ils abattirent sa cahute pour construire la mairie à la place, avec une plaque de cuivre qui disait tout sur lui.

Le camion ralentit prudemment en grinçant devant un panneau : « Danger : passage de cochons », et s'engagea dans la rue principale de Vallée de Couette.

— Bon, dit Bert, nous allons d'abord à la banque pour voir Lé Murien, le directeur. Il a eu un Étranger chez lui pendant un temps. Ça fait dix ans, mais je pense qu'il se rappellera un peu. Il était dans une colère folle quand le gars est parti sans prévenir. Il a tout mis sens dessus dessous, pour vérifier qu'il ne manquait pas d'argent.

— Il en manquait ? demanda vivement Rachel.

— Non ! Bien sûr que non ! J'ai moi-même rencontré le gars deux ou trois fois. Toujours prêt à plaisanter. Mais il a vraiment disparu brusquement, tu vois ? Et Lé est un type assez méfiant.

Bert gara le camion dans un parking, devant un petit bâtiment de pierre. Sur l'un des piliers qui flanquaient chaque côté de la porte massive, il y avait une belle plaque de cuivre. Elle annonçait : « Banque du Pèlerin — Succursale de Vallée de Couette ». La porte était fermée.

— Nous allons faire le tour, Rachel, dit Bert. Lé me l'a dit. Je lui ai téléphoné hier soir. La banque n'ouvre pas avant une heure.

Rachel s'extirpa du camion et sauta vivement sur le trottoir malgré ses chaussons trop grands. Bert descendit aussi et la rejoignit.

— Bien, dit-il en remontant son pantalon. Voyons ça !

Rachel l'accompagna dans l'allée qui contournait la banque, et ils se dirigèrent lentement vers une porte blanche sur le côté du bâtiment. Son cœur battait vite. Certainement qu'un homme important et intelligent comme M. Lé Murien, directeur de la succursale de la Banque du Pèlerin de Vallée de Couette, lui donnerait l'indice qu'elle cherchait pour retourner chez elle.

Bert frappa à la porte et ils attendirent. Des pas approchèrent lentement.

« Pressez-vous donc, M. Murien ! » pensa Rachel qui mourait d'impatience.

Les verrous s'ouvrirent et la porte aussi.

Rachel poussa un cri.

Un visage gris et monstrueux apparut ; des yeux vides comme ceux d'une mouche énorme y brillaient. Une main saisit le bras de Rachel.

— Entrez ! tonna une voix caverneuse. Vite ! Entrez !

*
**

— ... Et tu vois, Rachel, M. Murien porte toujours un masque à gaz pendant les porchons, pour se protéger du F.E.I. Tu vois ? J'aurais dû t'avertir, mais je ne pensais pas qu'il l'aurait déjà. Lé, le porchon n'est prévu que pour après déjeuner !

Derrière le bureau, le visage masqué acquiesça.

— On n'est jamais trop prudent, Bert, dit la voix assourdie.

Rachel examinait l'apparition avec des yeux ronds. Ce contraste entre la silhouette élégante de M. Murien en complet gris et cravate, aux mains douces et rondelettes calmement croisées sur le bureau ciré, portant montre et alliance en or, et ce visage grotesque en caoutchouc gris, au nez comme un tuyau, aux yeux comme des fenêtres en plastique, était saisissant. Elle frissonnait encore de la frayeur qu'elle avait eue à la porte.

— Crois-tu que ce serait possible, Lé, d'enlever ton masque juste un peu pendant que nous parlons ? Les cieux sont cléments, camarade. Pas encore le moindre cochon en l'air ! dit Bert d'un ton persuasif.

— Bon, dit la voix caverneuse, peut-être dix minutes seulement.

M. Murien tripota les lanières du masque à gaz et l'ôta. Puis il cligna des yeux quelques

"On n'est jamais trop prudent, Bert"

secondes en les regardant — petit homme
rondelet aux joues roses, à la moustache
brune taillée court, et au crâne chauve et
brillant auréolé d'un léger duvet brun. Il lissa
consciencieusement ce duvet pour l'aplanir.

— Bon, dit-il ensuite d'une petite voix
nerveuse, très différente de la vibration caverneuse et terrifiante qui provenait du masque.
Comment puis-je vous aider ?

— Je t'ai expliqué notre situation au téléphone hier soir, Lé. Rachel, ici présente, est
une Étrangère, et elle a envie de retourner
chez elle le plus vite possible. J'ai dit que je
l'aiderais. Toi, tu as eu affaire à des Étrangers, et...

— A un Étranger, oui, interrompit le
directeur de la banque, en ordonnant du bout
des doigts une pile de papiers sur son bureau
bien rangé. Mais je ne sais pas, comme je te
l'ai dit, Bert, où il est allé quand il est parti, ni
comment il est parti. Tout ce que je sais, c'est
qu'il a disparu brusquement sans le moindre
avertissement, au milieu d'un porchon de
force 10, le plus terrible moment pour nous,
comme tu peux t'en douter.

Il avait rougi et semblait indigné.

— Il est parti à la pause de midi, avant le
début du porchon, et il n'est jamais revenu.
Et j'ai dû fermer la banque et m'occuper tout

seul du personnel. J'ai fait du mieux que j'ai pu, mais ce n'était vraiment pas commode. La jeune Angela Perkins s'était enfermée dans le coffre, et elle a mangé plusieurs billets et quatre pièces avant que nous puissions l'en faire sortir. Ensuite, douze douzaines de boîtes d'ours en chocolat sont tombées d'un camion, juste devant la porte principale, et l'ont complètement obstruée. Et l'ordinateur a décidé d'envoyer des intérêts supplémentaires à tout client né dans un mois en « R ». Les choses habituelles, Bert, mais j'avais fini par compter sur Alexandre. En tant qu'Étranger, bien sûr, il n'était pas touché par le F.E.I. Il me rendait un grand service. Et il avait été employé de banque Au-dehors, évidemment. Leurs façons de procéder sont très semblables aux nôtres, apparemment. C'est pourquoi je l'avais engagé à son arrivée.

— C'est donc le genre de gars à qui on pouvait se fier, selon toi, Lé ? demanda pensivement Bert.

— Oh, oui ! Un employé très consciencieux. Un peu rêveur de temps en temps, je dois dire. Je ne dirais pas un banquier-né, tu comprends, Bert, mais d'une façon générale, un bon employé efficace. La seule fois où j'ai dû lui parler sévèrement, ce fut à propos du gaspillage de papier. Il n'arrêtait pas de remplir ses blocs de notes sur les Étrangers, des choses les plus sottes, parfois. Et pendant les réunions, il griffonnait et dessinait partout sur ses notes. Je n'aime pas le gaspillage. Ni le désordre dans ma banque. Je lui en ai donc parlé, et il a tout de suite compris mon point de vue.

— Ces notes étaient sans doute pour essayer de trouver le moyen de rentrer chez lui, comme moi, dit Rachel d'une petite voix.

— Très probablement, Rachel, dit gentiment M. Murien. Très probablement. Je n'ai pas dit qu'il ne fallait pas qu'il prenne de notes du tout, ma petite. J'ai seulement dit qu'il devait le faire sur son temps personnel. A midi ou le soir. Et sur son papier personnel.

Il regarda sa montre et reprit son masque à gaz.

— Je suis désolé de ne pas avoir pu te donner de vrais conseils, Bert, dit-il en se levant et en lui tendant la main. Mme Gloussami, rue Niais, était la logeuse d'Alexandre, comme tu le sais. Peut-être pourra-t-elle te donner d'autres renseignements. Je vais la prévenir que vous allez la voir.

Bert lui serra la main et regarda Rachel. M. Murien voulait de toute évidence retourner à son travail, et il était inutile de discuter.

A la porte, M. Murien sourit à Rachel d'un air amical.

— Viens nous voir quand tu seras installée, Rachel. On ne commence jamais trop tôt à économiser, tu sais. Les enfants de moins de quatorze ans reçoivent gratuitement une tirelire du Joyeux Pèlerin, quand ils ouvrent un compte chez nous.

— Merci, chuchota Rachel, et la porte blanche se referma en la laissant, penaude, dans l'allée avec Bert.

— Il croit que je ne rentrerai jamais chez moi ! dit-elle en se mordant les lèvres.

— Ne te tracasse pas, chérie. Il est un peu vieux jeu ce Lé. Nous allons voir Cathy Gloussami maintenant, et nous verrons ce qu'elle pourra nous dire. Nous pouvons y aller à pied. La rue Niais est juste à côté.

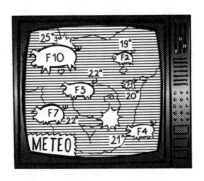

7

L'étonnante Cathy Gloussami

RACHEL trottinait à côté de Bert en réfléchissant sérieusement. En fait, ils avaient appris peu de choses avec M. Murien. Ils avaient appris que son Étranger prenait des notes sur les autres Étrangers, car il essayait sans doute de retourner chez lui, tout comme elle. C'était un homme sérieux, mais il était parti brusquement sans prévenir M. Murien. Ceci prouvait, probablement, qu'il avait trouvé soudainement le moyen de rentrer chez lui. Il avait dû avoir une occasion, qu'il avait saisie aussitôt.

— Et ça s'est passé à l'heure du déjeuner, dit tout haut Rachel.

— Quoi ? Bert la regarda d'un air surpris.

— Rien. Je réfléchissais à quelque chose. L'Étranger de M. Murien est parti brusquement à l'heure du déjeuner. Il faut qu'on sache ce qu'il faisait à la pause de midi ce jour-là.

— Il mangeait, je suppose, dit Bert en haussant les épaules.

— Mais où ça ? insista Rachel. C'est ça qui est important. (Une idée lui vint à l'esprit.) Ou *quoi* ? La solution est peut-être dans ce qu'il mangeait.

— Voici la maison de Mme Gloussami. Elle le saura peut-être, dit Bert en s'arrêtant devant une porte jaune avec un tapis assorti.

— Portera-t-elle aussi un masque à gaz ? demanda Rachel, inquiète.

Bert ricana.

— Pas de risque ! Plus il y a de folie dans l'air, plus ça plaît à Cathy, à ce que j'ai entendu dire.

Il agita une clochette attachée au bouton de porte.

— J'arrive, chantonna une voix aiguë.

La porte s'ouvrit toute grande, et une dame souriante, longue et mince, avec des yeux immenses et un nez aquilin, tendit les bras pour les accueillir. Les grandes manches de la robe rouge qu'elle portait ondulaient comme des ailes et chatoyaient au soleil.

— Bonjour, bonjour, entrez donc ! M. Murien m'a dit que vous veniez.

Elle les conduisit dans le salon donnant sur

la rue. Il était rempli de gravures, d'orne-
ments, de statues et de bouquets de fleurs
séchées. Sur chaque fauteuil, étaient disposés
une étoffe ou un châle de couleur différente.
Il y avait un tapis bleu vif par terre. Des
cochons roses voguaient sur son pourtour
selon un motif compliqué.

— Asseyez-vous et racontez-moi ça, mes
amis, dit Cathy, perchée sur le bord d'un
divan comme une sorte d'oiseau exotique.

Bert essaya de s'asseoir dans le fauteuil qui
semblait le moins dangereux, puis se releva
d'un bond. Un paquet de fourrure, qu'il avait
pris pour un coussin, miaula d'un ton fâché et
sauta à terre en secouant la tête. Il regarda
Bert avec courroux et se mit à lécher de sa
langue rose vif sa fourrure ébouriffée.

Bert eut l'air affolé.

— Pardon, dit-il.

Il s'assit de nouveau, se râcla la gorge et fit
tinter les clés du camion dans sa poche. Il se
sentait visiblement mal à l'aise dans la maison
de cette étrange dame.

— Euh..., commença-t-il, et il lissa ses
cheveux gris d'un air embarrassé.

— Nous sommes venus vous demander
des renseignements, dit Rachel avec assurance, sur l'Étranger qui habitait ici.

— Alex ? Ah !

Mme Gloussami leva les bras et agita ses longs doigts. Les manches rouges glissèrent jusqu'à ses coudes en plis abondants, et Bert marmonna quelque chose d'inintelligible.

— Alex était absolument exquis ! C'est le seul mot possible : exquis ! Une personne adorable. Toujours en train de plaisanter, jamais de mauvaise humeur. Le plus agréable locataire que j'aie jamais eu. Bien sûr, j'ai une affinité avec les Balances. Elle se pencha un peu et sourit à Rachel.

— Quel est ton signe, chérie ?

— Euh... Bélier, murmura Rachel.

— Ah !... le Bélier, très décidé. Je suppose que c'est pour cela que tu es si pressée de rentrer chez toi. Alex n'était pas si pressé. Plus décontracté au début. Bien sûr, par la suite, il est devenu un peu cafardeux, le pauvre cher garçon, et il s'est mis à chercher comment rentrer chez lui. Je dois dire que, lorsqu'il a eu ça en tête, il s'y est employé comme un forcené. Ah ! je lui disais toujours : « Ah ! si seulement j'étais aussi organisée que vous ! » Mais bien sûr, je suis Poisson, le type artiste, voyez-vous, et nous sommes tellement...

Elle se tourna brusquement vers Bert.

— Et vous, mon doux ami, dit-elle. Quel est votre signe ?

Le visage de Bert s'empourpra lentement.

— Je n'en ai pas la moindre idée, dit-il d'un ton maussade.

— Oh, laissez-moi deviner alors ! Oh ! Taureau, c'est ça ! Je parie que vous êtes Taureau. Le type masculin, fort et silencieux.

Elle agita ses doigts maigres à son adresse. Rachel vit avec étonnement que chaque ongle était peint d'une couleur différente.

— C'est que, bon, Mme Gloussami, dit Bert avec détermination, nous espérions que vous pourriez nous parler un peu de... euh... d'Alex.

— Surtout du jour où il est parti, ajouta Rachel en se penchant à son tour. Ce qu'il a mangé et tout.

— Ce qu'il a *mangé* ? (Cathy Gloussami éclata d'un rire argentin.) Ma chérie, je ne peux pas me souvenir ! Ça fait presque dix ans ! Je ne me souviens même pas de ce que j'ai moi-même mangé *hier* !

Rachel était désespérée.

— Pourriez-vous essayer ? supplia-t-elle.

Mme Gloussami agita les doigts, sourit et haussa les épaules d'une manière absente et déconcertante.

Rachel eut alors une inspiration.

— Pourriez-vous, dit-elle aussi dramatiquement qu'elle put, vous projeter en arrière dans le temps et... revivre cette journée d'il y a dix ans ?

— Oh ! Mme Gloussami parut avoir l'air intéressé. Me mettre en transe tu veux dire, et voyager dans le temps ?

— Enfin... un peu, dit Rachel d'un air incertain.

— Oh ! comme c'est amusant ! s'écria Cathy Gloussami. Je vais essayer.

Elle rejeta la tête en arrière et ferma les yeux, puis se mit à se balancer lentement, en respirant profondément.

Bert leva les sourcils d'un air interrogateur vers Rachel qui leva les sourcils également et haussa les épaules. Ils attendirent une minute entière. L'estomac de Bert réclama bruyamment. Il le tapota en regardant sa montre impatiemment, et Rachel serra les poings jusqu'à ce que ses ongles lui rentrent dans les paumes. D'une seconde à l'autre Bert dirait qu'il fallait partir, et alors...

— Cela me revient... oui..., dit Mme Gloussami d'une voix lointaine sans ouvrir les yeux. Ça me revient. Alex... je revois tout, aussi nettement que si c'était hier. Alex, Mme Bécot, M. Capon, mes trois locataires, tous assis devant leur petit déjeuner, en train de parler... de parler du porchon qui allait venir. Oui. Ils mangeaient... des sau-

"Asseyez-vous et racontez-moi ça, mes amis..."

cisses ! Je m'en souviens parce que Pompette, ce vilain mistigri, en avait volé une et que j'en avais brûlé une autre, si bien qu'on n'en a eu qu'une moitié chacun. Ça devait être un jeudi. Nous mangions toujours des saucisses le jeudi...

Sa voix s'estompa. Ils attendirent, et enfin elle parla de nouveau.

— M. Capon a dit qu'il allait retourner se coucher. Il le faisait toujours quand on annonçait une force 10, pauvre garçon. Je lui ai dit qu'il perdait beaucoup. Mais il m'a répondu que ce n'était qu'une idée ! (Mme Gloussami ouvrit de grands yeux.) Je ne comprends pas les gens comme ça, et vous ? s'exclama-t-elle en regardant Bert.

— Eh bien..., marmonna Bert.

— Oh ! J'adore un bon porchon. Je laisse toujours les fenêtres grandes ouvertes pour en profiter pleinement. Vous ne pouvez pas imaginer les choses étonnantes qui sont arrivées dans cette maison, mon cher. Vous ne pouvez pas vous imaginer !

— Je crois que si, dit Bert flegmatique.

Rachel comprenait très bien pourquoi M. Capon restait au lit un jour de force 10. Cathy Gloussami était suffisamment étonnante en temps normal sans y ajouter les effets surprenants du F.E.I. envahissant la maison.

— Donc, poursuivit Cathy Gloussami, M. Capon retourna dans sa chambre. Alex et Mme Bécot allèrent travailler. Ils prirent leur repas froid, des sandwiches au fromage avec des cornichons...

— Oh, êtes-vous certaine ? s'exclama Rachel avec intérêt.

— Absolument certaine, chérie ! cria Cathy triomphalement. Je me suis projetée en arrière et je peux le *voir* !

— Oh ! Bert ! Rachel se tourna vers Bert l'air ravi, mais il leva une main calmement.

— Mais... que mangeaient-ils habituellement à midi ? demanda-t-il d'un air désinvolte.

— Oh !... euh... eh bien, des sandwiches au fromage avec des cornichons, en fait, dit Cathy un peu vexée.

— Oh non ! gémit Rachel, amèrement déçue. Mais ça signifie... oh ! ça signifie que ce qu'il a mangé ce jour-là n'a rien à voir avec la raison de sa disparition soudaine. C'est évident, s'il mangeait la même chose *tous les jours*...

— Mais c'était sa faute, dit Cathy sur la défensive. Je ne crois pas qu'Alex remarquait ce qu'il mangeait, en fait, au cours des derniers mois. Il avalait son repas à toute vitesse dans le parc avant de se rendre à la bibliothèque pour prendre ces interminables notes. Je veux dire, chérie, que je lui offrais toujours des choses différentes, savoureuses : de la banane au curry, du beurre de cacahuète et des sardines, du foie au vinaigre et des betteraves, des garnitures délicieuses et originales ! Mais il était trop routinier, comme les autres. (Elle soupira.) Il disait seulement : « Oh ! s'il vous plaît, Cathy, comme d'habitude, ce sera parfait ! » (Elle soupira encore.) Ils ne savaient pas ce qu'ils mangeaient !

— Eh oui ! dit Bert qui avait l'air un peu écœuré. (Il se leva.) Bon, dit-il à Rachel en regardant avec curiosité ses yeux devenus soudain brillants, nous ferions mieux de partir, ma chérie. Il est presque midi. (Il se tourna vers Cathy.) La force 10 monte, vous savez, dit-il.

— Je sais bien, glapit Cathy en joignant les mains. N'est-ce pas merveilleux ?

— Euh... oui ! Bert recula vers la porte. (Il trébucha sur le chat.) Oh ! pardon, marmonna-t-il. Bon, merci pour...

— Oh ! j'ai une excellente idée ! s'exclama Cathy. Si vous restiez manger avec moi pour regarder la montée des cochons, mes chers amis ? Je ferai un plat de sandwiches vraiment délicieux, originaux, et nous...

— Oh! merci beaucoup, vous voyez, Mme Gloussami, bredouilla Bert, en reculant encore plus vite. Mais il faut que nous partions, n'est-ce pas, Rachel?

Il atteignit la porte qu'il ouvrit.

— Merci encore, lança-t-il en poussant Rachel dans la rue.

— Une autre fois, alors, cria Cathy en faisant au revoir de la main.

— Passez un bon porchon, lui dit Rachel en lui répondant.

— Certainement. Vous aussi! Au revoir!

Cathy leur faisait toujours signe de la main quand ils tournèrent au coin de la rue.

— Oh, la la! soupira Bert. Quelle femme terrible! Je suis content de ne pas vivre avec elle. Un cauchemar de force 10, voilà ce que ce serait! Visite inutile aussi, chérie. Excuse-moi. Nous n'avons rien appris.

— Mais si Bert, bien sûr que si! se mit à rire Rachel, en gambadant autour de lui dans ses pantoufles trop grandes. Nous avons découvert qu'Alex allait toujours à la biblio-thèque à midi. Mais ce n'était pas à cause de son repas. C'était à cause de quelque chose qui se passait là-bas!

Bert la regarda en caressant pensivement sa calvitie.

— C'est peut-être bien une piste que tu as là, dit-il. Il regarda sa montre. Nous avons encore le temps, dit-il, si nous nous pressons. La bibliothèque est dans la rue principale, tout près de la banque. Allons-y !

8

Les cochons volent !

Rachel et Bert remontèrent vite la rue Couette, l'artère principale de la petite ville. Elle était pleine de monde qui se hâtait d'acheter des provisions de dernière minute, pour ne pas avoir à sortir dans le porchon.

— La bibliothèque est là devant, haleta Bert.

Ils se faufilèrent entre les gens qui faisaient la queue sur le trottoir.

— Qu'est-ce qu'ils attendent ? demanda Rachel curieuse, en se retournant sur eux.

— Des billets de loterie ! s'esclaffa Bert. Il y a toujours foule juste avant un gros porchon de grand F.E.I., tu vois. Les gens se disent : « Qu'y a-t-il de plus invraisemblable que de gagner à la loterie ? Vite, je ferais bien d'acheter un billet ! » Alors ils se précipitent tous et encombrent le bureau de vente. La moitié d'entre eux finiront par être pris dans le porchon, c'est certain. Les imbéciles ! Une seule personne peut gagner le gros lot, comme d'habitude. C'est pas vrai ?

— Sans doute, dit Rachel.

— Bien sûr, poursuivit Bert d'un air réfléchi, il y a eu la fois où ils ont imprimé les billets pendant un porchon, oh ! ça fait cinq ou six ans ! Cette fois-là, tout le monde a gagné.

— *Tout le monde ?*

— Absolument ! Tous les billets portaient le même numéro, tu vois ? Une erreur de la machine, ils ont dit, et ils ont refusé de payer ; ils ont envoyé un billet gratuit à tous les gagnants au lieu de l'argent. Oui, ça fait cinq ou six ans. La grande émeute de la loterie de Vallée de Couette ! Il leur a fallu six mois pour reconstruire le vieux bureau : ce n'était plus qu'un gros tas de briques quand ces gagnants déçus se sont arrêtés. Les employés avaient grimpé sur un gros arbre derrière, quand les portes de devant avaient cédé. Les pompiers ont dû venir les chercher. (Il se mit à rire.) Ils n'impriment plus jamais leurs billets de loterie pendant un porchon ! dit-il.

Ils gravirent les marches de la bibliothèque, poussèrent la porte vitrée et pénétrèrent dans une salle fraîche et silencieuse. Une femme trapue, aux cheveux gris, contrôlait des fiches derrière un bureau.

— Nous avons de la chance, chuchota Bert. C'est Connie Coolie. Elle est ici depuis une éternité. Elle se souviendra de ton Étranger, s'il est souvent venu ici.

Ils s'approchèrent du bureau ; les chaussures de Bert grinçaient et les pantoufles de Rachel claquaient sur le revêtement lisse en vinyle.

— Connie, dit Bert à voix basse.

La femme leva les yeux.

— Oui ? Ah ! Bert ! Bonjour. Elle sourit.

— Voici Rachel. Rachel, Mlle Coolie. Connie, Rachel est une Étrangère, et elle...

Bert recommença leur histoire et Rachel, qui sentait le regard sympathique de Mlle Coolie posé sur elle, se retira un moment dans son univers. Le fait est que, dans son extraordinaire aventure, elle n'avait pas encore rencontré d'endroit lui rappelant autant chez elle. C'était exactement comme la bibliothèque de son quartier. Ça sentait pareil. Les rayonnages bien ordonnés, les fauteuils confortables, les affiches sur les livres et la lecture — tout était semblable. Une bouffée de tristesse l'envahit et faillit la faire fondre en larmes. Elle la repoussa.

« N'abandonne pas maintenant, espèce de sotte ! Sois courageuse — c'est ce que maman dirait. Garde ta présence d'esprit — c'est ce que papa dirait » se dit-elle.

Elle releva les coins de sa bouche et se redressa. Elle écouta ce que disait Mlle Coolie.

— Bien sûr. Je me rappelle très bien, Bert. Il venait tous les jours, le pauvre homme. Tous les jours à midi, pendant six mois environ. Il a exploré à peu près toute la bibliothèque. Il a pris des quantités de notes qui semblaient ne jamais le mener nulle part. Mais il n'a jamais abandonné. (Elle hocha la tête.) Et je dois dire qu'il n'avait jamais l'air abattu, quand il était là. Il était toujours prêt à plaisanter. Je ne crois pas que les gens de la banque de M. Murien soient très encouragés à plaisanter. Peut-être (elle s'éclaircit la voix) qu'Alexandre n'était pas vraiment, euh, taillé pour faire un employé de banque. Mais il disait qu'il avait été formé très jeune, et qu'il n'avait jamais eu assez d'aplomb pour changer de métier. Plutôt dommage, vraiment. Mais... (Elle leva les sourcils et sourit.) Il disait toujours que s'il rentrait chez lui, il serait différent après. Je me suis souvent demandé si c'était vrai...

— Alors vous croyez qu'il est rentré chez lui, qu'il est retourné Au-dehors ? cria Rachel avec hâte, oubliant de parler tout bas.

— J'en suis certaine, chérie. J'en suis tout à fait persuadée. Et je vais te dire pourquoi : Il était assis ici en train de lire et de prendre des notes comme d'habitude. Il était à la fin de la section enfantine, là-bas, dans le coin. Il était de très bonne humeur. Il m'a dit que d'après ce qu'il avait pu découvrir, les Étrangers qui vivaient près des écoles semblaient disparaître plus vite que les autres. C'est pourquoi il regardait attentivement les livres pour enfants.

Nous fermions les fenêtres et les aérateurs et le reste à cause du porchon, force 10 annoncée ce jour-là, Bert. Il n'y avait qu'Alexandre et le personnel ici. Tout le monde était reparti au travail ou chez soi, mais étant Étranger, lui n'avait pas à s'inquiéter de partir avant la montée des cochons.

Alexandre était donc tranquillement assis à lire, quand soudain il a fait un bond et une sorte… Oui, en fait, il a poussé un cri ! Il a crié très fort. Nous avons presque tous sursauté ! Je n'oublierai jamais. Il s'est mis à sauter de joie, et il a lâché le livre qu'il lisait. Il m'a vue le regarder et il s'est précipité (elle rougit légèrement) pour me serrer dans ses bras et me donner un gros baiser. Et il a crié : « Ça y est, Connie ! » Il était si heureux ! « Je vais rentrer chez moi ! » m'a-t-il dit. « La vérité sort de la bouche des enfants ! »

J'ai dit : « Alexandre, qu'est-ce que c'est ? » ou bien « Que voulez-vous dire ? » ou quelque chose comme ça. « Vous feriez mieux de retourner à la banque. Le cochon de la mairie vole », ai-je dit, parce que je le voyais par la fenêtre. C'était toujours le premier à monter dans ce temps-là, car il n'était en fait encore qu'un porcelet. Leur vieux cochon venait de mourir. « M. Murien va avoir besoin de vous très bientôt, Alexandre », ai-je ajouté.

« Oh non ! » m'a-t-il crié juste dans l'oreille. J'étais presque sourde. Il m'a lâchée et il a regardé autour de lui d'un air un peu affolé. Puis il a couru vers le bureau, posé un peu d'argent et pris ma nouvelle bouteille thermos, celle où j'avais mon café pour le déjeuner.

« Excusez-moi, Connie », a-t-il dit. « Achetez-vous-en une autre. Pas le temps de vous expliquer. Merci pour tout. » Puis il est sorti par ces portes-là, et je ne l'ai jamais revu. (Elle sourit et hocha la tête.) Mais je suis certaine qu'il est rentré chez lui. Je ne sais pas pourquoi mais je le sais. Il devait avoir besoin de ma bouteille thermos pour avoir quelque chose à boire pendant le trajet. Ça devait être long.

— Mais, explosa Rachel, mais Mlle Coolie, quel livre lisait-il ? Est-il encore ici ?

— Eh bien, il y avait plusieurs livres sur sa chaise. Quatre en fait, et je ne sais pas lequel il lisait quand il est parti... mais, chérie, ce n'étaient que des livres pour enfants. Ils n'avaient certainement rien à voir avec...

— Oh ! s'il vous plaît, supplia Rachel, s'il vous plaît ! L'un d'eux doit avoir quelque chose. Un indice. Vous rappelez-vous leurs titres ?

— Mais bien sûr ! je les ai particulièrement regardés. Il y avait *Suki le chien courageux*...

— Nous l'avons à la maison, dit fièrement Bert.

— Oui, mais c'est un classique, n'est-ce pas, Bert ?... Puis il y avait *Fafie la fourmi*, un album, et son frère, *Rosalie le rat*, aussi stupides l'un que l'autre. Je ne les ai jamais aimés, mais ils plaisent à certains enfants, alors ils restent sur les rayons, bien sûr. Et, voyons, quel était le quatrième ? Miséricorde, ma pauvre tête...

Elle fronça le nez et tapota sa tête grise avec agacement.

— Écoute, dit-elle en prenant la main de Rachel, je vais déjà te donner ces trois-là, et tu pourras commencer à les regarder pendant que je vais réfléchir encore et m'occuper des fenêtres.

Elle jeta un regard à Bert.

— Qu'avez-vous décidé pour le porchon, Bert ?

— Nous sommes censés être rentrés à la maison avant qu'il commence ! dit Bert avec inquiétude.

— Vous allez arriver de justesse, non ? dit Connie Coolie, en haussant les sourcils.

Un jeune homme se précipita comme un chat dans l'escalier près du bureau.

— Les cochons volent déjà, John ? lui demanda-t-elle.

— Non, Connie, pas que je sache. Mais ça ne devrait pas tarder.

L'homme regarda Bert et Rachel avec curiosité, et s'en alla sans bruit vers le fond de la bibliothèque. Ils l'entendirent vérifier chaque fenêtre.

— C'est très important pour l'enfant, Connie, dit Bert gravement.

Connie Coolie sortit vivement de derrière le bureau et conduisit Rachel vers la section enfantine. Elle explora un rayon et en sortit trois livres. Elle les posa sur une table.

— Voilà, chérie, dit-elle doucement. Trouve ton bonheur. Mais aucun autre livre de ce rayon ne me rappelle quelque chose. Il est possible que le quatrième livre soit au sous-sol, à la reliure. Je vais aller voir et vérifier les livres en bas, il n'y en a pas beaucoup. Si je le trouve, je te le ferai monter par mon assistante. Excuse-moi si je ne l'apporte pas moi-même, mais je dois m'assurer que tout est en ordre. Une force 10 est terrifiante dans une bibliothèque, comme tu peux l'imaginer.

Elle fit un sourire à Rachel, un petit signe à Bert, et se hâta de descendre l'escalier derrière le bureau.

Rachel s'assit à la table et se mit à feuilleter les livres. Elle regarda d'abord *Fafie la fourmi*. Elle savait qu'elle n'avait pas beaucoup de temps, et son doigt tremblait tandis qu'elle parcourait les lignes aux gros caractères nets, en essayant de ne rien manquer d'important.

Bert s'appuya sur le bureau et regarda Rachel. Il passa la main sur sa calvitie et se racla la gorge.

— Rachel, dit-il. Chérie, je vais faire un saut à la quincaillerie. Leur cochon a eu des petits il y a deux mois, et ils en ont gardé un. Il sera le premier à monter. Plus ils sont petits, plus ils montent vite. Bon, je vais surveiller ce petit cochon-là, et quand il partira, il faudra qu'on parte aussi, d'accord

Rachel ? C'est calculé au plus juste. Dès que ses petites pattes quitteront le sol, je traverserai la rue, monterai dans le camion et klaxonnerai. Il faut que tu me promettes, chérie, que tu viendras aussitôt. Hein, tu me le promets ?

— Oui, Bert, je vous le promets, dit Rachel, les yeux rivés au livre. (Elle sentit le regard du vieil homme et leva la tête.) Je vous promets réellement et sérieusement. Je viendrai dès que vous klaxonnerez, dit-elle avec sincérité. Ne vous inquiétez pas.

— D'accord, alors, dit Bert. Je t'attendrai.

Il se tourna et sortit lentement de la bibliothèque en ne regardant qu'une fois derrière lui.

Rachel hocha vigoureusement la tête et il lui fit un signe de la main avant de disparaître.

Fafie la fourmi était l'histoire ennuyeuse d'une fourmi qui n'arrêtait pas de désobéir à sa mère et d'avoir des ennuis. Il semblait n'y avoir aucun indice là-dedans. Rachel mit le livre de côté et prit *Rosalie le rat*. C'était tout aussi ennuyeux et d'aucune utilité. Avec désespoir, Rachel se mit à feuilleter *Suki le*

chien courageux. C'était une longue histoire — un vrai roman. Elle savait qu'elle ne pouvait pas le lire en entier, avec le peu de temps dont elle disposait. Elle feuilleta nerveusement les pages en essayant de comprendre l'histoire. Elle avait de plus en plus chaud et sentait ses mains devenir moites.

Suki a pris la chemise de Pierre entre ses petites dents robustes et a tiré de toutes ses forces..., lut-elle. Oh! Seigneur! comment savoir ce qui était important et ce qui ne l'était pas? Quel était l'indice qui avait fait que cet homme appelé Alexandre avait soudain bondi en criant de joie parce qu'il avait trouvé comment rentrer chez lui?

Elle entendit des pas discrets derrière elle, et elle leva la tête.

Une jolie jeune femme aux doux yeux bruns lui sourit.

— Rachel, je suis Mlle Papillon, dit-elle en lui tendant un livre. Mlle Coolie m'a dit que tu voulais ceci.

Rachel saisit le livre avec vivacité.

— Oh! attention! dit Mlle Papillon. La couverture s'en va. C'est un vieux livre qu'on n'imprime plus et qui a de la valeur. Nous voulons le réparer et le remettre sur les rayons.

— Pardon, murmura Rachel en posant

soigneusement le livre sur ses genoux. Elle regarda le titre effacé et son cœur se serra.

Les enfants s'amusent : comptines pour sauter à la corde et jouer dans la cour de récréation.

— Ça ne peut pas être ça, dit-elle, et les larmes emplirent ses yeux et coulèrent sur ses joues.

— Oh! voyons, relève le menton, dit Mlle Papillon en se penchant vers elle. Ne sois pas déçue, Rachel. Mlle Coolie m'a parlé de toi, et je sais que tu dois être malheureuse, mais c'est le premier jour que tu cherches, n'est-ce pas? Tu peux revenir demain ou après-demain.

Rachel hocha la tête.

— Jamais, jamais je n'y arriverai, sanglota-t-elle. Je ne suis pas assez grande ou assez forte. Je ne trouverai pas.

— Mais si, dit Mlle Papillon. Nous t'aiderons, Rachel, vraiment... mon Dieu, qu'est-ce que c'est... entends-tu ce klaxon? Ça dure depuis une éternité! Je me demande ce que...

Le cœur de Rachel fit un bond épouvantable.

— Les cochons volent! cria le jeune homme en courant vers l'escalier.

— C'est Bert! Oh! je ne l'avais pas entendu. Moi qui avais promis que je viendrais aussitôt ! Rachel courut vers la porte, en tenant le vieux livre dans sa main.

— Ne pars pas ! cria Mlle Papillon. Rachel, attends ! Arrête !

— Je ne peux pas ! J'ai promis !

9

C'est son tour !

RACHEL se précipita dans l'escalier et se dirigea vers le camion. Bert appuyait sur le klaxon en faisant ronfler le moteur.

— Presse-toi ! rugit-il. Ils s'envolent tous ! Presse-toi !

Rachel ouvrit la portière et sauta sur le siège du passager.

— Bert, excusez-moi..., commença-t-elle.

— C'est pas possible ! tonna Bert. Où étais-tu ? J'ai... Rachel, qui est cette femme ?

Rachel regarda par la fenêtre et fut étonnée de voir Mlle Papillon accourir en criant et en agitant les bras.

Elle comprit soudain ce qui n'allait pas.

— Oh ! Oh ! J'ai oublié de laisser le livre. C'est un livre de valeur, m'a-t-elle dit. Oh ! mon Dieu ! Oh ! Bert...

Bert grinça des dents d'impatience.

— Rends-le-lui vite ! lança-t-il. Il faut qu'on parte !

Rachel ouvrit la portière juste au moment où Mlle Papillon, les cheveux volant au vent, atteignait le camion.

— Je suis confuse, chuchota Rachel en lui tendant le livre. Je n'ai pas réfléchi !

— Oh ! Dieu merci je t'ai rattrapée ! haleta Mlle Papillon. Je ne suis à cette bibliothèque que depuis une semaine, et si Mlle Coolie… (Elle s'interrompit brusquement. Une curieuse expression se lut sur son visage. Elle renifla et cligna des yeux.) C'est bizarre, dit-elle. Je…

— Retournez vite dans la bibliothèque, mademoiselle ! lança Bert, en regardant avec désespoir la route à travers le pare-brise. Il y a déjà plein de cochons en l'air !

Mlle Papillon se frotta le front du dos de la main et secoua la tête. Ses doux yeux bruns avaient un air égaré.

— Quelque chose…, dit-elle d'un air rêveur.

— Vite ! brailla Bert. Ferme la portière, Rachel !

— Non, attendez ! cria Mlle Papillon. Laissez-moi monter ! Je viens avec vous.

— Oh, non ! gémit le pauvre Bert, en prenant son visage dans ses mains. C'est son tour ! Oh, Grand Dieu ! Que va dire Connie Coolie ?...

— Rachel, pousse-toi ! dit Mlle Papillon. Fais-moi de la place !

Interloquée, Rachel se déplaça un peu, et la bibliothécaire se glissa près d'elle sur le siège. Elle claqua la portière, et Bert partit dans un grincement de pneus. Il était penché sur le volant, les mains crispées. Le camion suivit la route désertée et sortit de la ville.

Rachel regarda furtivement la femme assise près d'elle. Elle était encore essoufflée, et ses joues étaient empourprées. Ses cheveux étaient défaits et tombaient sur ses épaules. Mlle Papillon tourna la tête et vit Rachel qui l'observait.

— Il fallait que je vienne, dit-elle en s'excusant.

— Pourquoi ? demanda Rachel.

— Ben... je ne sais pas, dit Mlle Papillon impuissante.

Bert s'esclaffa.

Devant eux, une cloche se mit à sonner furieusement.

— Désespérants ! s'écria Bert. Ils sont désespérants ces espèces d'idiots !

— Qu'y a-t-il ? souffla Rachel en tendant le cou pour voir.

— Cette sacrée caserne de pompiers est

encore en feu ! dit Bert avec écœurement. Là, tu vois ?

Effectivement, la fumée sortait des fenêtres du premier étage de la caserne. Une douzaine de pompiers, à tous les stades d'habillement, se battaient contre les flammes. Leur capitaine, en caleçon à fleurs, avec ses bottes et son casque rutilant, allait et venait en lançant des ordres dans un mégaphone. Quand le camion passa près de lui, il se tourna et fit semblant d'examiner quelque chose par terre derrière lui.

— Gêné ! s'esclaffa Bert. Et c'est normal. A-t-on jamais vu ça ? A chaque foutue saison, ça flambe ! On croirait pas, hein ?

Rachel hocha la tête, les yeux écarquillés.

Sur le côté de la route, des groupes de cochons adultes s'étaient formés, et ils grognaient de joie tandis que leurs petits pirouettaient au-dessus de leurs têtes. Certains adultes parmi les plus minces décollaient du sol. Leurs oreilles flottèrent dans le vent au passage du camion.

Rachel s'enfonça dans son siège et se mit à feuilleter les pages du livre qui avait provoqué tant d'ennuis. Certaines comptines lui semblèrent vaguement familières. Elle en lut une à haute voix :

Cochon grognon
Est dans sa soue.
Cochon grognon
Qui fait la moue.
Puis vient l' porchon
Dix d' F.E.I.
Cochon grognon
Est tout ravi !

Elle regarda les cochons dehors — oui, ils adoraient vraiment ça. C'était drôle comme ces vieilles comptines qui semblaient n'avoir ni queue ni tête, disaient souvent des choses vraies. Comme celles qu'il y avait chez elle — toujours sur les rois et les reines et les choses qui se passaient autrefois. Ça faisait si longtemps qu'elles existaient, ces comptines, que les gens avaient oublié qu'elles avaient des significations véritables. On ne les chantonnait ou les scandait que pour s'amuser. Personne ne faisait attention au sens réel des mots.

Elle regarda Mlle Papillon.

— J'aimerais bien être ravie aussi, dit-elle, en s'efforçant de sourire.

— Tu verras que tout ira bien, Rachel, dit Bert en dépassant un zèbre qui trottait tranquillement, coiffé d'un chapeau de cotillon. Nous finirons par te faire rentrer chez toi.

— Mais dans combien de temps ?

— Bien sûr, ça peut-être long, dit Mlle Papillon en lui prenant la main. Mais tu y arriveras. Tu sais, moi aussi je me suis perdue quand j'étais petite. Et je n'ai jamais retrouvé mon chemin. C'est parce qu'ici, ça se produit souvent, et que j'ai oublié d'où je venais et qui j'étais. Ça arrive à beaucoup de gens. Mais tu es différente. Tu es une Étrangère. Tu n'oublies rien et tu rentreras à cause de cela. N'est-ce pas, monsieur... euh... ?

— Bert, dit vivement le vieil homme. Bert Alité. C'est vrai. Ils rentrent tous d'une façon ou d'une autre, s'ils le veulent vraiment. Je le lui ai déjà dit.

La bibliothécaire le regarda attentivement, et elle plissa légèrement le front.

— Que vous est-il arrivé ? demanda Rachel.

— Eh bien, c'était un jour exactement comme aujourd'hui, m'a-t-on dit, et... oh ! Attention !

Un avion fit un piqué stupide devant eux et rasa la cime des arbres. Sous leurs yeux, une boîte tomba de l'avion et s'éventra sur la chaussée. Des milliers de balles de ping-pong s'échappèrent de la boîte et rebondirent dans tous les sens.

Bert fit une embardée dangereuse et évita miraculeusement le désastre.

— Idiot ! Fou ! cria-t-il en agitant le poing vers l'avion. Voler dans un porchon ! Il va certainement perdre sa licence s'il n'est pas tué. Oh ! Grand Dieu ! Je suis fou aussi de conduire par ce temps. Si nous arrivons entiers à la maison, je serai bon à donner au cochon !

Rachel surprit la bibliothécaire en train de regarder Bert avec encore la même expression curieuse.

— Bert devient un peu lunatique pendant les porchons, murmura Rachel d'un ton protecteur.

— Oh ! oui... dit Mlle Papillon. J'étais seulement...

— Racontez-moi la suite quand vous vous êtes perdue, dit vivement Rachel.

— Oh ! il n'y a pas grand-chose à raconter, dit Mlle Papillon en s'agrippant, car le camion tanguait sur la route poussiéreuse. Je n'avais que cinq ans, apparemment, et je me suis retrouvée devant une vieille dame au milieu d'un porchon, avec un chaton noir dans les bras. Aucun indice sur l'endroit d'où je venais. Rien du tout. Sauf cette petite broche, tu vois ? Elle montra à Rachel une petite broche épinglée à son col.

— Un petit cochon en or, oh ! comme il est

mignon ! dit Rachel en le touchant du bout de son doigt.

Elle sentit Bert tressaillir à côté d'elle. Elle leva les yeux. Ils avaient presque atteint le haut de la côte. La maison blanche serait bientôt en vue. Enid les attendrait. Sur les coteaux verts bordant la route, de gros cochons réunis se saluaient du museau. Au-dessus d'eux, leurs frères et sœurs plus jeunes pirouettaient et se balançaient.

— Je la porte toujours, cette petite broche, dit Mlle Papillon d'un air rêveur. Un jour, par temps de cochons, je sais que je retrouverai mon ancienne maison et les gens qui m'aimaient, et qu'ils verront la broche et sauront...

Bert demanda brusquement :

— Est-ce que la vieille dame était gentille ? Elle vous traitait bien et tout ?

— Oh ! elle était charmante. Je l'appelais tante Rose. Elle s'est occupée de moi comme si j'étais sa fille. Je ne me rappelais que mon prénom, alors j'ai pris son nom de famille. Elle s'appelait Rose Papillon. Mais je me suis toujours interrogée, toujours, même avant que tante Rose meure, sur ma famille d'origine. J'avais quelques souvenirs agréables...

— Quels souvenirs ? demanda Bert encore plus brutalement.

— Oh ! vous savez, celui d'être bordée sous une couette multicolore, d'être embrassée avant de dormir par quelqu'un à la peau douce ; celui d'une grande chambre blanche, d'une odeur de lavande, d'une drôle d'horloge au mur... Vous savez, ces choses qu'un enfant de cinq ans se rappelle. (Mlle Papillon soupira.) Après la mort de tante Rose, je me suis sentie très seule et désorientée. J'ai eu l'impression, je pense, d'avoir perdu ma famille une deuxième fois. C'est pour cela que je suis partie en fait. J'étais sans attache, et quand j'ai vu l'annonce pour ce travail tout à l'autre bout du pays, j'ai pensé : « Eh bien ! pourquoi pas ? » Je ne sais pas. J'ai eu l'impression qu'il était temps de voir cette autre partie du monde. J'ai lu la petite annonce lors d'un porchon, inutile de le préciser, ajouta-t-elle en riant.

Le camion arriva en haut de la côte.

— Oh ! Quelle jolie petite maison, là-bas ! dit Mlle Papillon .

— C'est la nôtre, dit Bert d'une drôle de voix.

— Elle est jolie... (La bibliothécaire se frotta encore le front.) Je... ce doit être le porchon, vous savez. Je me sens vraiment très... Cette maison a l'air si... Je veux dire, je suis confuse d'avoir sauté dans votre camion ainsi. C'était l'odeur du cuir, je pense. Elle m'a semblé si familière. Et maintenant, cette maison ! Vous devez croire que je...

— Tu dois avoir vingt-cinq ans maintenant, n'est-ce pas chérie ? demanda Bert, en prenant soin de ne pas la regarder.

Elle le fixa d'un air surpris.

— Comment le savez-vous ? demanda-t-elle.

Le cœur battant, Rachel les regarda l'un après l'autre, tandis que le camion bondissait vers la petite maison blanche. Puis elle regarda devant elle, en se retenant au siège. Dans le ciel, les cochons virevoltaient et se multipliaient. Seuls quelques-uns parmi les plus gros restaient encore au sol. Et droit devant elle, se trouvait la maison. Rachel la regarda soudain avec étonnement. Une clarté embrasait l'une des fenêtres. Etait-ce le feu ? Non, ça ne ressemblait pas à des flammes. Ça ne vacillait pas. C'était puissant comme un phare, et fort comme un battement de cœur.

— Bert ! dit-elle en la désignant.

Il regarda, et l'espace d'un instant son vieux menton solide trembla.

— C'est la lampe de vie à la fenêtre de la chambre ! s'écria Rachel. C'est...

— Elle l'a toujours dit, la bonne vieille, dit Bert, presque tout bas. « Un jour de temps de cochons », elle disait. Elle n'en a jamais douté un seul instant, peu importe ce que je disais pour l'en dissuader. Et elle avait raison, pauvre vieux cœur. Elle ne se trompait pas.

— Je suis confuse, dit la bibliothécaire d'un air égaré. Cette lampe... je ne...

— C'est ta lampe de vie qui t'accueille à la maison, Gloria, dit Bert.

Le camion s'arrêta devant la maison où toutes les fenêtres étaient alors éclairées par la lumière de la lampe de vie.

La porte s'ouvrit brusquement, et Enid apparut, les yeux écarquillés, la main sur la bouche.

— Elle sait, chuchota Rachel avec stupeur. La lampe de vie lui a dit que vous veniez. Elle vous attend. Oh ! Mlle Papillon... Gloria... pressez-vous !

Mais Gloria était déjà descendue pour se précipiter dans les bras d'Enid.

10

Étranger Au-dedans

— FAUT les faire rentrer ! haleta Bert en s'évertuant contre la poignée de sa portière. Ça doit déjà être un F.E.I. 8, et on sait quel effet ça fait sur Enid. Mais, oh ! mon Dieu ! elle va tout se rappeler aujourd'hui, force 10 ou pas. Gloria est quelqu'un qui n'est jamais parti de sa mémoire. De la mienne non plus, d'ailleurs. C'est moi qui lui avais acheté cette petite broche. (Il sauta du camion.)

— Viens vite, chérie, cria-t-il à Rachel pour dominer le bruit du vent qui soufflait. Viens te joindre à la fête. Tout cela arrive grâce à toi. Grâce à toi et à ce vieux livre béni ! Il se dirigea vers la maison. Viens donc ! hurla-t-il depuis le seuil.

— Dans une minute ! répondit Rachel. Le F.E.I. ne m'inquiète pas. Fermez la porte ! Je frapperai !

Il leva la main en geste d'adieu et disparut dans la maison.

Rachel resta immobile un moment, les mains jointes sur ses genoux. Ainsi Gloria était revenue chez elle ! Le porchon l'avait ramenée, contre toute attente. Elle avait traversé tout le pays pour se retrouver dans cette ville, et dans cette bibliothèque où Bert allait très souvent ; puis à cause d'une petite fille étourdie, elle avait rejoint le camion où elle était montée à cause d'une odeur qui lui rappelait son enfance, et de là elle était arrivée à cette petite maison blanche de la vallée où une vieille femme l'attendait depuis vingt ans.

Les yeux de Rachel se remplirent de larmes. Elle avait une maison où les pas de sa mère claquaient dans l'escalier, où son père sifflait dans son bain, où Jamie gazouillait le soir dans son lit, et où le chat des voisins dormait sur le mur chaud du jardin. Et où était sa maison maintenant ? Et toutes ces personnes qu'elle aimait ?

Presque sans le vouloir, elle prit le vieux livre abîmé et en feuilleta les pages. Les poèmes et les comptines absurdes, si semblables à ceux sur lesquels elle sautait et frappait des mains à l'école, dansaient à travers ses larmes sur les épaisses pages jaunies.

Elle avait tellement essayé d'être courageuse. Elle s'était efforcée de garder sa présence d'esprit. Elle tournait les pages. Des comptines d'enfants. Des comptines absurdes... Les Étrangers qui habitaient près des écoles rentraient plus vite chez eux, avait dit Alexandre... Il avait crié : « La vérité sort de la bouche des enfants ! » et il avait bondi...

Rachel fixa la page du livre en s'essuyant énergiquement les yeux.

Une des plus anciennes comptines pour sauter à la corde, disait la note en haut de page. *Ses origines sont lointaines, mais les enfants l'utilisent encore aujourd'hui, dans des centaines de versions différentes. Voici l'une des plus anciennes.*

Le rythme de la comptine était le même que celui de toutes celles qu'elle avait elle-même scandées. On voyait des enfants tourner la corde, des enfants sauter, des pieds marteler l'asphalte ou soulever de petits nuages de poussière dans la cour de récréation. Mais les mots...

> *Étranger Au-dedans*
> *Un deux et trois,*
> *Tu sors du ciel*
> *Et cours vers moi.*

> *Étranger Au-dedans*
> *Quatre cinq six,*

*C'est un porchon
De force 10.*

*Étranger Au-dedans
Sept et puis huit
Sur un cochon
Monte très vite.*

*Étranger Au-dehors
Tu es chez toi
Neuf et puis dix
Voilà ton toit !*

Étranger Au-dedans ! Rachel se mit à trembler. Elle était une Étrangère Au-dedans. Entrée dans ce monde d'où elle essayait de ressortir ! Elle se rappela ce qu'elle s'était dit pendant le trajet — beaucoup de vieux dictons et comptines parlent de choses vraies, mais on s'y habitue et on les dit sans penser à leur sens.

C'est un porchon, disait le poème, *de force 10.* Justement un porchon de force 10 était en train de se lever dehors ! *Étranger... Sur un cochon monte très vite...* C'était la solution pour rentrer chez elle — dans une vieille comptine d'enfant. Il fallait monter sur un cochon...

Rachel ouvrit la portière du camion et referma le livre. Elle courut en trébuchant dans l'herbe jusqu'à la maison. Mais il était trop tard. Le ciel était déjà rempli de cochons. Tous les cochons volaient ! « Le dernier porchon de la saison », avait dit Bert, et elle avait manqué l'occasion.

« Non ! » cria Rachel qui s'entendit à peine tellement les grognements et les cris faisaient un bruit de tonnerre, et tellement le vent qui poussait les cochons et fouettait ses cheveux soufflait fort.

Elle regarda désespérément autour d'elle, pour scruter les alentours malgré le soleil et le vent qui l'aveuglaient.

Alors elle le vit ! Un gros cochon, un énorme cochon aux oreilles qui flottaient comme des voiles, tout seul et fier sur le coteau. Le grand-père de tous les cochons, qui attendait son tour pour voler.

Rachel se prit les pieds dans ses pantoufles et faillit tomber. Elle les ôta et glissa le précieux livre dessous. Cela serait son message pour Bert et Enid. En les voyant, ils comprendraient bien...

Elle se mit à escalader la colline, moitié courant, moitié à quatre pattes dans l'herbe touffue. Elle sentit des picotements se propager dans tout son corps, et au même moment, le gros cochon leva le museau en l'air et grogna, ce qui fit crier et grogner tous les autres tandis qu'ils montaient de plus en plus haut. F.E.I. 10 ! Elle en était sûre ! C'était tout autour d'elle : dans l'air, dans l'herbe, dans ses cheveux, sur sa peau.

— Attends ! cria Rachel contre le vent.

Et le cochon tourna sa grosse tête vers elle, alors que son corps commençait à s'ébranler et à se soulever lentement.

— Attends ! Attends ! s'il te plaît ! Oh !

Dans un cri, Rachel trébucha et tomba en s'étalant sur les touffes piquantes. Elle enfouit son visage dans l'herbe. Elle n'y arriverait pas. Une bouffée de chagrin la submergea.

Ses mains tâtèrent le sol devant elle et se refermèrent sur quelque chose de dur. C'était sa gourde. Elle avait retrouvé sa gourde jaune, restée dans l'herbe où elle était tombée la veille, pendant ce galop terrifiant de la licorne. Le bouchon était à côté.

Rachel se releva en tenant sa gourde et revissa solidement le bouchon en ignorant ses mains égratignées et sa poitrine douloureuse. Elle rentrerait à la maison. Il le fallait !

Et Rachel se mit à courir comme elle n'avait jamais couru. Elle haletait et criait, et le gros cochon lui répondit. Elle distingua ses petits yeux malins et les touffes de poils sur ses oreilles. Elle vit ses pattes décoller de l'herbe.

Enfin elle fut près de lui, et les bras tendus,

"Non!..."

elle essaya désespérément de saisir l'animal. Le cochon grogna. C'était tout de suite ou jamais.

Elle sauta et glissa sur le poil soyeux. Elle sauta encore de toutes ses forces, et cette fois, ses mains réussirent à s'accrocher au gros cou. Elle grimpa sur le dos du cochon et se cramponna. Pas le temps d'avoir peur ou de se demander ce qui allait se passer, de penser à Enid ou à Bert, ou même à chez elle. Le F.E.I. les gagnait. Et avec un petit grognement de joie, le cochon de Rachel s'éleva dans les airs, enfin emporté dans le ciel éblouissant.

Le paysage tournoyait sous eux, et tout était bleu. Ils montèrent encore plus haut ; le vent qui sifflait dans leurs oreilles s'acharnait sur les bras douloureux de Rachel et fouettait ses cheveux.

Elle voyait à peine à travers ses larmes.

« Tiens bon ! se disait-elle. Tiens bon ! »

Mais alors qu'elle se chuchotait ces mots, il y eut une rafale d'air chaud, et le gros cochon fut emporté dans un tourbillon étourdissant. Rachel sentit ses yeux brûlants se fermer, ses mains relâcher leur prise, ses jambes glisser sur le dos soyeux. Une sonnerie retentit à ses oreilles. Le cochon grogna, se secoua et fit un saut périlleux — et Rachel tomba...

11

Les cochons pourraient voler !

Rachel ouvrit les yeux et, l'espace d'un instant, osa à peine y croire. Elle était allongée dans son lit, le cœur battant à tout rompre, les bras et les jambes douloureux. Elle secoua la tête. La sonnerie était toujours dans ses oreilles. Mais c'était sa chambre. Son lit. Elle était chez elle. Quelque part dans l'espace bleu, elle avait réussi à passer. Elle était revenue Au-dehors. A la maison.

Elle entendit les pas de sa mère en bas dans le couloir. Evidemment... C'était la sonnette d'entrée qui retentissait.

« Maman ! Papa ! » essaya-t-elle de crier, mais sa gorge lui faisait mal et elle sentit son cri se transformer en croassement. Elle voulait les voir, leur dire qu'elle était revenue, se faire câliner, embrasser et chouchouter. Elle saurait alors que c'était tout à fait certain que tout était fini et qu'elle était vraiment en sécurité à la maison. Elle resta immobile à écouter, et pour la première fois, elle remarqua qu'il pleuvait encore.

— J'arrive ! cria Alice, comme si c'était juste un jour ordinaire, et elle ouvrit la porte d'entrée.

Rachel écouta attentivement.

— Sandy, tu reviens ? Qu'y a-t-il ?... Quoi ? Bien sûr qu'elle va bien... Mais oui tu peux, mais Sandy, ce n'est qu'un petit rhume... d'accord, à tout à l'heure. Je vais seulement terminer...

Des pas résonnèrent dans l'escalier. Sandy montait deux marches à la fois. Rachel attendait, paisible.

Les pas ralentirent et se firent silencieux. Sandy apparut à la porte. Son manteau était mouillé, son visage pâle et inquiet. Il regarda dans la chambre comme s'il avait peur de ce qu'il pourrait découvrir. Puis il la vit, et d'un bond il traversa la pièce avec un grand sourire qui effaça toute trace d'inquiétude.

— Oh ! Rachel ! Oh ! la la ! j'étais tellement..., commença-t-il, puis il fit un effort visible pour se calmer. Oh ! dit-il d'une voix normale. J'ai pensé que je pouvais passer te voir en rentrant chez moi. Quand je suis venu tout à l'heure, je...

— Tout à l'heure ? Oh !... merci, dit Rachel, confuse.

Ainsi le temps passé Au-dedans, n'avait pas compté ici. Elle n'avait pas perdu de temps.

— Et... euh... pendant que je suis là, bredouilla Sandy, je peux en profiter pour enlever cet affreux petit croquis que j'ai fait ce matin... euh... (Il tendit la main et saisit comme un voleur le dessin qui était sur la table de nuit. Il le fourra dans sa poche.) Ah ! J'ai une idée de dessin plus drôle pour toi. Il te plaira bien plus.

Il s'essuya le front. Ses mains tremblaient un peu.

Soudain tout parut clair à Rachel.

— Tu es essoufflé ! dit-elle en le regardant intensément.

— Oui, je... j'ai décidé de rentrer en courant. Pour prendre de l'exercice.

— Ce ne serait pas à cause du dessin, non ? le taquina Rachel.

— A cause...

— A cause du dessin que tu as fait et que tu m'as laissé. Je veux dire que ce ne serait pas parce que tu as soudain pensé qu'il pourrait être... euh... un peu dangereux ?

Sandy la regarda bouche bée.

Chris apparut à la porte.

— Papa !

Rachel tendit les bras et il s'approcha d'elle. Elle sentit ses bras forts l'entourer et elle mit la tête sur sa poitrine, heureuse de frotter sa joue contre son vieux chandail rugueux.

— Tu es chaude comme une caille ce matin, dit-il en lui tapotant le dos. Te sens-tu malade ?

— Non, non. Je suis tellement contente !

— Drôle de petite bonne femme ! dit-il en lui souriant. (Puis il fronça le nez.) Drôle d'odeur ici, non ? Ça sent un peu la basse-cour. Tu as peut-être besoin d'un bain, ma chérie.

— Papa !

— Mais je disais ça comme ça !

Il lui donna une dernière petite tape et se redressa.

— Je te verrai en bas, Sandy.

— D'accord, vieux. Dans cinq minutes, dit Sandy, en souriant légèrement, un œil sur Rachel.

— Papa, savais-tu que Sandy était le diminutif d'Alexandre ? demanda doucement Rachel.

Chris la regarda avec surprise.

— Euh oui, je le sais, chérie. Pourquoi ?

— Oh ! je viens seulement de le découvrir. Sais-tu ce que faisait Sandy avant d'être peintre en lettres ?

— Ah !... comptable, n'est-ce pas, vieux ?

— Caissier de banque en fait, dit Sandy qui se mit à sourire. J'ai décidé que ça me plairait davantage de m'amuser avec de la peinture.

— Oui, c'est vrai. Est-ce que vous êtes en train de discuter métier tous les deux, ou quoi ?

— Plus ou moins, dit Sandy en caressant sa barbe.

— Bon, je te verrai en bas. D'accord ?

— D'accord.

Chris leur sourit et quitta la pièce.

Ils se turent tandis que ses pas claquaient dans l'escalier.

Sandy s'assit brusquement au bout du lit.

— Je n'en reviens pas ! dit-il. Rachel...

Rachel se mit à rire.

— J'étais là-bas, chuchota-t-elle. J'ai rencontré M. Murien, le directeur de la banque, et Cathy Gloussami, et beaucoup d'autres. Ils se souviennent de toi. Et puis j'ai trouvé le livre. Ton livre, avec...

— Avec les poèmes d'enfants ? Il m'a fallu six mois. Comment... ?

— Mlle Coolie m'a aidée.

— Connie Coolie ? Oh ! Nom d'un petit bonhomme ! Quel coup de chance !

— J'ai fait ce que disait la comptine et je suis rentrée.

Sandy pâlit.

— Oh ! Rachel, je ne sais pas quoi dire. Si j'avais su... Ce dessin... je n'aurais jamais dû... je veux dire, si jamais tu n'avais pas trouvé le livre ?

— Je ne sais pas, dit Rachel gravement. Je ne pense pas que le temps s'arrête ici complètement. Si je n'avais pas réussi à...

Ils se regardèrent.

— Mais, dit Rachel en écartant largement les mains, j'ai réussi et je suis revenue ! J'ai eu si peur, mais c'était tellement passionnant aussi.

Sandy acquiesça.

— Je sais ce que tu veux dire, dit-il. Je ne peux quand même pas...

— Et maintenant, dit Rachel avec malice, je comprends pourquoi il t'arrive tout le temps des choses aussi intéressantes. Je m'étais toujours demandé. Mlle Coolie m'a dit que tu avais volé sa bouteille thermos !

— Je ne l'ai pas volée ! protesta Sandy. J'ai laissé de l'argent. J'en avais besoin pour...

Il s'interrompit.

— Pour ramasser ta provision de F.E.I. et la rapporter à la maison !

Sandy leva les mains en l'air d'un air impuissant.

— Dans le mille ! (Il sourit.) Tu as raison.

J'en laisse juste partir un peu, de temps en temps, quand la vie est monotone, juste pour la rendre un peu plus...

— Invraisemblable ? pouffa Rachel.

— C'est ça. (Sandy lui sourit.) J'avais toujours eu l'intention de le faire — d'en rapporter un peu — et la bouteille thermos de Connie était le seul récipient que je pouvais prendre. Il a fallu que je fasse si vite ! Les cochons étaient tous en l'air et je n'allais pas laisser passer ma chance.

Il se pencha vers elle.

— Attention, dit-il, je ne suis pas le seul Étranger à en avoir rapporté, j'en suis certain. Je veux dire que d'après ce que j'ai lu Au-dedans, il y a des Étrangers qui y vont depuis des siècles. La plupart semblent être retournés Au-dehors, d'une façon ou d'une autre. Et je suis persuadé que je ne suis pas le premier à penser aux avantages d'avoir une petite réserve de F.E.I. ici. Je veux dire que l'histoire est pleine de gens qui semblent croire, au-delà de la normale, aux Événements Invraisemblables.

— Oui, dit Rachel. Tu sais, cet homme qui vient de faire le tour du monde en hélicoptère ? Je me suis demandé...

— Un adepte très possible ! s'exclama Sandy.

— F.E.I. force 10, dit Rachel pensivement. Pure force 10 !

— C'est ça, dit Sandy en souriant. C'est un
truc puissant. J'ai le mien depuis dix ans, et il
n'est pas encore épuisé.

— Formidable !

Rachel s'appuya contre ses oreillers. Elle
mit la main sous ses couvertures et sortit sa
gourde en plastique jaune.

Sandy fit un bond en écarquillant les yeux.

— Ne me dis pas… ! cria-t-il.

Rachel hocha la tête.

— Je n'avais pas l'intention d'en prendre,
ça s'est fait comme ça. Elle était ouverte dans
l'herbe, j'ai remis le bouchon sans réfléchir et
l'ai rapportée avec moi.

— Est-ce… ?

Rachel acquiesça encore.

— F.E.I. force 10. Pure force 10, dit-elle.

Sandy mit la main sur sa bouche.

— Deux provisions de F.E.I. dans une
même rue ! dit-il. Il faudra faire attention.

Il réfléchit un instant, puis se mit à sourire.

— La vie devrait être drôlement intéressante par ici, dorénavant, dit-il.

Rachel sourit aussi et lança :

— Les cochons pourraient voler !

Table des matières

ACHEVÉ D'IMPRIMER
SUR LES PRESSES DE L'IMPRIMERIE
PUBLI-OFFSET
46090 MERCUÈS

———————

DÉPÔT LÉGAL : DÉCEMBRE 1994
N° 941224